Souris, Maman !

Pépix

ÉDITIONS SARBACANE

Pour mon fils Noël,

Qui me fait rire comme personne.

Qui me répète souvent qu'on est amis.

Qui me dit tous les jours qu'il m'aime beaucoup.

Je t'aime, beaucoup, beaucoup, moi aussi.

Ton amie, Maman.

Sommaire

1

Vendredi chez les Grenadine

– Michoco ! Tu sais quel jour on est ?

Ça, c'est Gina Grenadine : joie de vivre, cheveux roses et jupe tournesol. Elle venait de surgir dans la chambre minuscule et cafouilleuse de son fils de presque-dix-ans, pour lui poser une question dont elle connaissait très bien la réponse.

– Mmmgrounchpffff..., articula Michel depuis les tréfonds de sa couette motif dinosaures sous pluie de météorites tueuses.

Ce que Gina traduisit aussitôt par :

– J'espère qu'on est déjà « ça-me-di », parce que j'ai très envie de rester en pyjama toute la journée, y compris pour prendre mon bain !

– Du tout, du tout, Michamallow : on est « tendredi ». La journée de l'amou-our ! Allez, debout ! Je t'ai préparé une grosse tartine en forme de cœur !

Michel grogna. Il aimait bien ce jour, mais ce n'était évidemment pas son préféré. Gina, elle, aurait voulu enfiler les tendredi les uns derrière les autres comme des perles pour s'en faire un collier d'éternité.

Tout, ou presque, chez les Grenadine, était comme ça : loufoque et rigolo. Et bizarroïde. Mais bizarroïde/chouette, comme la pizza hawaïenne, la grenouille arlequin ou la cornemuse.

Gina était une maman comme il en existe peu.

Elle avait emménagé ici, au numéro 12 de l'impasse de la Poule-Qui-N'a-Qu'une-Patte, alors que son fils, dans son ventre, était à peine plus gros qu'une idée.

Mais une idée déjà baptisée Michel, en hommage au très célèbre astrologue Nostradamus.

Pourquoi ? Parce que, tout comme Gina, Nostradamus :

(1) aimait férocement les étoiles

(2) écrivait des rimes mystérieuses que chacun pouvait interpréter à sa façon, telle la recette des cookies

(3) croyait mordicus que la confiture peut guérir quasi tous les maux

Gina avait tout de suite aimé cette minuscule maison rose, biscornue et si penchée qu'on aurait dit qu'elle faisait du yoga. Elle avait senti que ce serait l'endroit parfait pour voir grandir son futur bébé.

Elle y avait donc posé ses valises, son matériel de couture, ses cahiers à dessin, pas mal d'espoirs et ses photos de Rufus, le papa de Michel.

Ah, Rufus.

Rufus était très gentil, corporellement tout en longueur et vendeur au Bétathlon de Clou-sur-Chambranle.

Hélas, un lointain « berkredi » (si lointain qu'à l'époque, Gina appelait encore ça « mercredi »), tout avait basculé.

À commencer par une étagère.

Car, en voulant déplacer le rayonnage « **PASSION BOULES** », Rufus avait fait tomber quatorze boules de bowling de 7 kilos et 257 grammes chacune, pile sur le sommet de son crâne.

BOUM-BOUM-BOUM-BOUM-BOUM-BOUM-BOUM-BOUM-BOUM-BOUM-BOUM-BOUM-BOUM-BÈNG.

(La dernière était un poil plus légère que les treize autres.)

Depuis, Rufus dormait toute la journée, à l'hôpital, dans des draps blancs bien blancs.

Gina et Michel venaient le voir chaque dimanche. Ou plutôt, chaque « d'immense ».

Pour lui faire des câlins, immenses.

Rufus était relié à des machines qui clignotaient et faisaient « bip bip ». Il respirait paisiblement.

Et parfois, il pétait un peu.

Gina lui rasait les joues, lui peignait le front, embrassait son nez et lui lisait le journal. Elle veillait à bien mettre de côté les nouvelles trop tristes qui auraient pu lui couper l'envie de se réveiller.

Du coup, elle se contentait généralement des pages sportives, de la météo et, si c'était vraiment optimiste, de l'horoscope. Mais Rufus était Scorpion ascendant Gémeaux, alors c'était pas évident-évident.

Michel, la plupart du temps, jouait au bras de fer avec la main molle de son père ou lui écrivait des secrets dans la paume, lettre après lettre, du bout de l'index.

Rufus était un super confident, qui recueillait sans broncher le récit des bêtises les plus inavouables. Il ne se fâchait jamais. Et ça, Michel appréciait.

Mais revenons au réveil matinal de notre jeune héros.

Nous étions donc tendredi, au numéro 12 de l'impasse de la Poule-Qui-N'a-Qu'une-Patte, et Michel venait de sortir sa tête jaune et pleine d'épis de sous les draps.

Il attrapa ses grosses lunettes rondes pour les poser sur son nez mignonnement tacheté et sourit de presque toutes ses dents à Gina.

Puis il étira tous ses membres en rugissant : « Caoutchouc ! » avant de regarder par la petite fenêtre de traviole le temps qu'il faisait dehors.

Chaud, très chaud. Cette fin d'été mijotait une ambiance de friteuse. Les moulins à vent multicolores plantés çà et là dans le gazon restaient tristement immobiles.

Michel farfouilla des yeux le jardin à l'état presque sauvage. Ici, tout poussait très vite et trop bien.

Les ronces et les plantes, les mauvaises herbes et les bons légumes, les arbres et les taupes. Ainsi, il n'était pas rare de retrouver une banane au milieu des haricots et deux ou trois citrouilles dans le cerisier. Ou même une famille de souris sous les hortensias.

Ça, Gina aimait moins : elle avait une trouille bleu foncé des rongeurs.

Michel bâilla, se gratta la fesse droite et enfila sagement ses chaussons à têtes de tricératops. Il sourit à ses pieds et chuchota, comme chaque matin :

– Tricératops trop topssss !

Michel Grenadine aimait beaucoup ses petites habitudes et son monde « farfeloufoque », comme disait Gina. Et cependant, il sentait qu'il lui manquait… *quelque chose.*

Dans la cuisine orange, les soixante-deux coucous suisses l'accueillirent joyeusement.

– Tic-tac tic-tac, coucou Michel ! Tic-tac tic-tac, coucou Michel ! croyait entendre le garçon.

Le bol de chocolat chaud était chaud. La tartine en forme de cœur, appétissante. La journée promettait d'être douce : le programme de tendredi, c'était poésie, expression écrite, conjugaison et grammaire, et puis lecture l'après-midi.

Eh oui, tu as compris : Michel Grenadine n'allait pas à l'école.

Il apprenait tout ce qu'il avait à apprendre, ou presque, ici, avec Gina.

Le travail officiel de Gina était d'imaginer les déguisements les plus dingues possibles. Elle bricolait un prototype qu'elle présentait à des gens, qui lui donnaient des sous en échange de son idée. Ensuite, ces gens envoyaient son modèle à des usines remplies de travailleurs fatigués du dos et mal payés pour qu'ils en fabriquent des centaines et des centaines.

Pour enfin en vendre des milliers et des milliers à tous les joyeux lurons de la galaxie.

Voilà pourquoi la maison des Grenadine était remplie de mousse, rembourrage, feutrine, tissus de toutes les épaisseurs, couleurs, fibres et matières, fermetures éclair et bobines à gogo.

Gina était très réputée dans l'univers de la folie vestimentaire !

Et, franchement, elle ne se débrouillait pas trop mal non plus comme maîtresse d'école sans école.

Ensemble, Michel et elle faisaient des expériences de chimie et fabriquaient des maquettes. Ils avaient construit six Spoutniks, trois porte-avions USS

Enterprise et un volcan du Vésuve qui provoquait la destruction progressive et réaliste d'un Pompéi miniature !

Ils tenaient aussi un herbier de fleurs médicinales, jouaient au ping-pong et se défendaient plutôt bien en Krav-maga. Ils faisaient un peu de soudure, du chant mongol, de la peinture sur soie et de la double flûte contrebasse.

Et puis, ils allaient dans des musées et regardaient des films en noir et blanc sous-titrés dans des salles de cinéma vides. Ils prenaient des cours de claquettes, de cuisine moléculaire, de langue norvégienne et de vannerie. Car on n'a jamais trop de paniers chez soi.

Michel était donc en avance dans toutes les matières.

Mais il restait un domaine dans lequel il était nul et archi nul.

Ce truc, c'était les… autres.

Les « comme-lui ».

Les enfants.

Tout simplement parce que Michel n'en connaissait aucun.

Il n'avait jamais parlé avec un enfant.

Il n'avait aucune idée de si ça causait un langage spécial, d'ailleurs…

Il n'en avait même pas approché ne serait-ce qu'un seul, un petit, quelque part, à la boulangerie, au magasin de chaussures ou en forêt !

Accoudé à sa fenêtre, il avait vu, une fois ou deux, déambuler un gamin hésitant.

(Michel habite une impasse, tu te souviens ? Dans une impasse, personne ne passe.)

Perché dans le cerisier, il avait aussi étudié à travers ses jumelles le petit-fils d'Eusèbe Chiquenaude, un pépé tremblant qui habitait au numéro 6 avec ses quatre chèvres naines.

Mais ce spécimen-là ne lui avait pas semblé très stimulant.

Dans les livres, par ailleurs, il avait rencontré des tas et des tas d'enfants. Il lisait leurs aventures avec passion, aussi fasciné par eux que par des licornes ou des dragons.

Grâce à son dictionnaire, il savait ce qu'étaient des « copains », des « camarades », des « potes », des « meilleurs amis à la vie à la mort », des « ennemis jurés », des « frères de sang d'entaille dans le pouce », « des rivaux », « des âmes sœur » et tout le tintouin.

Mais lui, Michel Grenadine, n'avait rien de tout ça dans sa vie.

– Pourquoi j'ai pas de copain ? s'était-il plaint un jour à Gina. Ou de « camarade », de « pote », de « meilleur ami à la vie à la mort », d'« ennemi juré », de « frère de sang d'entaille dans le pouce », de « rival », « d'âme sœur » et tout le tintouin ? Je voudrais un copain ! Au moins un…

– Mais je suis ta copine ! s'était écriée Gina, mi-triste mi-vexée. C'est moi, ton âme sœur !

Hum.

Michel n'aurait pas su dire pourquoi, mais il sentait que sa maman ne pouvait pas être sa seule copine.

Même si elle était incroyablement rigolote. Et même si elle était tellement inventive et surprenante qu'il ne s'était pas ennuyé une nanoseconde depuis sa naissance. Et même s'il aimait plus que tout ses jeux, ses blagues et ses déguisements.

Il avait, c'était une certitude, besoin **d'autre chose**.

Il avait beaucoup réfléchi à tout ça, dans son coin.

Les yeux clignotant derrière ses lunettes, il avait observé attentivement chaque habitant de sa maison.

Et tout lui rappelait sa solitude.

Irma, le poisson rouge aux pouvoirs divinatoires, qui répondait à toutes les questions de Gina. Elle tournait dans le sens des aiguilles d'une montre pour dire oui, en sens inverse pour dire non. Elle ne se trompait jamais.

« *Mais Maman ne lui demande jamais si elle est heureuse, toute seule dans son bocal…* », avait noté Michel.

Couic, le renard empaillé, n'était pas très causant.

Claude et François, les deux phasmes, vivaient chacun de leur côté du terrarium plein de buée et de moisissure. Chez eux, c'était tout

le temps « marre-di », le jour où on a le droit de râler et d'être de mauvaise humeur. Même pour rien.

Ah, et il y avait enfin Mort-aux-rats, un matou roux assez frimeur. Il mettait ses compétences d'exterminateur de rongeurs au service des Grenadine une semaine sur deux. Le reste du temps, Mort-aux-rats vivait au numéro 9, chez Dulcinée Piépla, la voisine veuve et heureuse de l'être.

Dulcinée l'appelait « Cléopâtre », ce qui agaçait prodigieusement le félin. Mais la vieille dame gratouillait comme personne son gros ventre moelleux rempli de ronrons, de poils et de plumes. Alors bon, il prenait sur lui.

– Tic-tac tic-tac, t'es seul Michel ! Tic-tac tic-tac, t'es seul Michel ! crut entendre le garçon en s'extirpant de ses pensées.

Les soixante-deux coucous suisses se répondaient joyeusement les uns aux autres sur les murs, comme une nuée de bons copains.

Et c'est ainsi que, le nez au-dessus du chocolat chaud chaud et les yeux posés sur sa tartine en forme de cœur, Michel brisa celui de Gina.

Il lui annonça calmement que c'était décidé. Dès le premier « fun-di » de septembre, il irait à la *skole*[1].

– *Met klassekamerater, professor, straff og ydmykelser*[2].

La vraie *skole*, en somme.

– *Beklager*[3], *mamma*[4].

1 « *École* », en norvégien.
2 « *Avec camarades de classe, professeur, punitions et humiliations* », en norvégien.
3 « *Désolé* », en norvégien.
4 « *Maman* », en Freddie Mercury. Nan, je rigole : en norvégien.

2

Skriker og tårer[5]

Si Michel avait cru une seconde que cette annonce serait plus douce en norvégien, il s'était fourré doigt dans l'œil jusqu'au petit orteil gauche.

– Mais… *hvorfor*[6]?! *Nei nei nei! Aldri!* s'épouvanta Gina, gesticulant au-dessus de la table et tachant de jus d'orange son chemisier imitation peau de patate.

Son fils la regardait remuer et s'empourprer comme si elle était poursuivie par un essaim d'abeilles. Il mordit calmement dans sa tartine et mâcha sans répondre.

5 « *Cris et larmes* », en norvégien.
6 « *Pourquoi ?! Non non non ! Jamais !* » en norvégien.

– J'ai fait quelque chose de mal, Michoc-au-cœur? insista Gina. Je t'ai déçu? Tu es fâché? Tu ne m'aimes plus? demanda-t-elle d'une voix de petite fille, tout en frottant la tache avec une biscotte.

(Car elle était très perturbée, la pauvre.)

Michel prit une longue, looooongue inspiration.

– Ça n'a rien à voir avec toi, Maman. Je crois que j'ai besoin d'autre chose, de renouveau… Il est temps pour moi de… de… découvrir le monde! crachouilla-t-il d'une voix de Christophe Colomb en plein petit déjeuner.

Gina se rembrunit.

– Le monde?! Mais le monde, ce n'est pas l'école! L'école, c'est un endroit triste et moche et effrayant, avec des tables en formica gravées de zizis et des chaises branlantes qui ne tiennent que grâce aux kilos de chewing-gums secs et de crottes de nez préhistoriques collés dessous! L'école, ça sent le pipi tiède, le biscuit mou, le prout étouffé et le canard vécé! L'école, c'est bourré de harcèlement, de sauvagerie, de mouches mortes sur les étagères, de gamins aux mains moites! L'école, y a que des gens bizarres pour y travailler: ils ont des principes, des tas et des tas de principes ennuyeux comme… comme… comme un jour d'école! Ces personnes se parfument à la poussière, portent des collants en mousse et boivent dans des mugs où il est écrit « Je suis une maîtresse qui déchire »!

– …

– Ils te feront faire des devoirs. Des DEVOIRS, comme dans « *Devoir/T'es obligé/T'as pas le choix, mon petit gars, t'as cru qu'on vivait en démocratie ?!* » Et des tonnes de dictées. Des DICTÉES ! Comme dans « *Dictature/C'est moi le patron/Toi t'es l'esclave de cette société moderne et pourtant réactionnaire, pauvre chose que je vais faire rentrer dans le moule de la nullité !* » Voilà ce que c'est, l'école : un lieu où tu apprendras à te con-for-mer ! Sais-tu ce que ça veut dire, se conformer, Michel Philippe Catherine Tarzan Grenadine ?

Michel Philippe Catherine Tarzan Grenadine se creusa la cervelle avant de répondre :

– Devenir conforme à. S'adapter à, se calquer sur, s'aligner sur, obéir à, suivre, se plier à, se r…

– Oui, bah non ! Se conformer, ça veut dire *tuer*, Michel. Tuer sa personnalité, sa fantaisie, sa singularité,

son essence ! C'est mourir un peu, contrôle après contrôle, évaluation sur évaluation, le cœur lourd comme un cartable, l'âme vide comme une boîte à goûter à onze heures. C'est mourir tout à fait ! Tu veux mourir, Michel ? Hein, c'est ça, tu veux *forsvinne*[7], craaaac, grrrrrr, rrrrhaaaaa ?!! gargouilla Gina en se laissant mollement tomber sur le carrelage jaune poussin, vaincue par une strangulation imaginaire.

7 « Mourir », en norvégien.

Michel, bien décidé à ne pas lui accorder un regard, soupira. Il but une grosse lapée de chocolat tiède, puis s'essuya la moustache en tirant le col de son pyjama jusqu'à sa bouche.

– Il y a une jolie petite école, rue de la Tortue-à-Plumes. On passe devant quand on va acheter tes nèfles chez Monsieur Baratini. Elle n'est qu'à six minutes à pied. Ça te laissera le temps de venir me secourir, si jamais je devais accidentellement tuer mon essence.

– Tu… tu as déjà tout prévu, c'est ça ?! Petit monstre ! Ingrat ! gémit Gina, le poing sur le cœur. Traître ! Tigre !

– Tigre ?! s'étonna Michel.

– Bah oui : le tigre n'attaque jamais de face, tu ne savais pas ? Tant que tu le regardes, il ne te fera rien. Mais tourne la tête une micro-seconde et paf, tu deviens un gigot à ses yeux, expliqua Gina, très fière de ses connaissances animalières.

– Je ne suis pas sûr que ce soit vrai.

– Si, ça l'est.

– Hmmm. J'ai des doutes, doutait Michel.

– Eh bien, entre dans la cage d'un tigre et détourne

ton regard de lui, tu verras bien ! s'agaça Gina. J'ai toujours raison ! N'est-ce pas, Irma ?

Calée entre le grille-pain et le mixeur plongeant, Irma faisait la grasse matinée dans son bocal. Elle eut un soupir qui prit la forme d'une bulle troublée. On la sollicitait bien trop souvent à son goût… Peu contrariante, elle se dégourdit les nageoires et tourna vers la droite, caressant sa maîtresse dans le sens du poil.

– Ah ! Tu vois ! J'ai toujours raison ! triompha Gina.

– Maman, la vérité ne sort pas toujours de la bouche des poissons. N'est-ce pas, Irma ?

Irma tourna vers la droite, confirmant que Michel disait vrai.

– Et voilà. Allez, Ginananas : je vais me brosser les dents et m'habiller, et ensuite nous irons visiter cette école.

La maman, boudeuse, croisa les bras.

– Elle est sûrement fermée : c'est encore les grandes vacances pour une semaine !

– On verra bien !

Et ce qui avait été annoncé fut fait.

Gina regarda son fils se préparer méticuleusement… ce qui lui laissa penser que le Grand Conformement[8] avait bel et bien commencé : après tout, Michel aurait très bien pu visiter cette satanée école les dents couvertes de miettes et le corps plein de pyjama, non ?! Ou vice-versa !

Pffff, pensa-t-elle en le voyant se faire la raie au milieu.

Pffff, pensa-t-elle en le regardant se tire-bouchonner les oreilles avec un coton-tige.

Pffff, pensa-t-elle en reniflant l'eau de Cologne dont il s'aspergeait abondamment.

Tous ces Pffff formaient un nuage de contrariété au-dessus de sa tête.

8 Ce mot n'existe pas. Gina, tout comme moi, aime beaucoup inventer des mots. On trouve ça rigolo. Mais évite de t'en servir dans tes devoirs d'école ou tes cartes postales envoyées aux adultes. Ils penseront que tu es un peu bête. Parce qu'ils sont très très conformés. Bisous !

Mais cela n'empêcha pas Michel de prendre la main de sa mère pour la traîner hors de la maison, puis hors du jardin, puis hors de l'impasse. Il la tira tel un âne récalcitrant durant les douze minutes du trajet.

(Oui, Michel a dit que c'était six, mais Gina fit durer les choses en prétextant, tour à tour, une folle envie de faire pipi, une soif intense et une nouvelle strangulation imaginaire.)

Enfin, enfin, ils arrivèrent au 12824 rue de la Tortue-à-plumes, devant le portail arc-en-ciel de l'école Achille Zavatta.

Michel respira à pleins poumons l'air de la cour remplie de marelles accueillantes et de bancs miniatures. Il était fou d'excitation.

« *C'est sûrement ce qu'a dû ressentir Christophe Colomb en découvrant l'Amérique… ou plutôt, en ne découvrant pas l'Amérique. Car elle était déjà bien peuplée lorsqu'il a déboulé, et en plus les Vikings y étaient passés cinq siècles avant lui. Mais bon. C'est sûrement ce qu'a dû ressentir Christophe Colombe en croyant découvrir l'Amérique, quoi !* » pensa-t-il.

Gina respira elle aussi, puis plissa le nez. Ce zoo pour enfants ne lui inspirait que dégoût et mépris.

« C'est sûrement ce qu'a dû ressentir Susanna Fontanarossa, la mère de Christophe Colomb, quand son fils lui a parlé de ses projets de navigation alors qu'il était un prudent petit tisserand qui n'avait jamais embêté personne jusque-là ! » pensa-t-elle.

Michel, attentif et paisible comme une petite statue, contemplait son peut-être nouveau monde.

Gina s'ennuyait, à côté de lui, s'appuyant sur une jambe puis sur l'autre. Au bout d'une interminable minute de silence, elle toussota.

– Hum huuuuum ! Bon, allez, on rentre. J'ai fabriqué des casques pour reconstituer la bataille de Vézeronce et la mort de Clodomir ! Ensuite, on trempera des fraises dans du chocolat fondu ! proposa-t-elle, tel un marchand de tapis qui n'aurait que des paillassons en stock.

– Des fraises dans du chocolat fondu… Exactement comme l'ont fait les Burgondes après avoir décapité

Clodomir et accroché sa tête sur une pique pour frimer devant les Francs ! se moqua gentiment Michel.

– Peu importe ! Il n'y a personne ici, on s'en va, hop hop hop ! sifflota Gina en s'éloignant déjà.

Mais hop-hop-rien du tout, car nos Grenadine entendirent soudain retentir un joyeux :

– Bonjouuuuuu-our !

Au fond du fond de la cour, une jeune femme souriante leur adressait un grand coucou, bras en l'air et main en fleur.

Elle les rejoignit en quelques bonds gracieux. Michel la trouva merveilleusement belle. Mademoiselle Babette Babelutte (puisque tel était son nom, même si Michel l'ignorait à ce moment de l'histoire) lui plaisait en tous points : elle était dodue, avait des cheveux couleur cheveux et, cerise sur le gâteau… des baskets dinosaures !

Il ne pouvait détacher ses lunettes de ces chaussures, ce que Mademoiselle Babette remarqua, évidemment.

– Ce sont des brontosaures ! « Brontosaures, trop fooooooorts ! » dit-elle en riant joliment.

C'était trop de bonheur pour Michel ! Il sentait son cœur chavirer comme le Titanic. Il le sut instantanément : il était fait pour l'école comme la saucisse est faite pour la purée.

– Je m'appelle Michel Grenadine et je souhaite m'inscrire dans votre établissement. J'ai dix ans. Je peux donc faire mon entrée en CM2 et me sens tout à fait prêt à me conformer !

– Oh ! fit Mademoiselle Babelutte, un peu surprise, eh bien, je vais te faire visiter l'école et ta future classe, Michel. Je serai ton institutrice. Tu peux m'appeler « Maîtresse », ou « Maîtresse Babette », ou « Mademoiselle Babelutte », ou « Petite Loutre Évaporée », qui est mon nom Chippewa !

– Wouaaaaah ! s'extasia le futur écolier.

Ce qui irrita aussitôt sa mère. Est-ce qu'elle avait un nom Chippewa, elle ?!

– Non : ChippeWouaaaaah ! blagua Petite Loutre Évaporée.

Ce qui rendit Michel hilare.

Beaucoup, beaucoup trop hilare, même, aux yeux de Gina. Elle se sentait tout à fait exclue, et elle détesta cela. Elle toussota donc à nouveau, rappelant à tous son existence.

– Hum huuuuuum ! Gina Grenadine, la maman. Enfin, au cas où ça vous intéresserait, Petite Loutre Exaspérante.

– C'est « Évaporée », la corrigea Michel, qui voyait clair dans son jeu de mère jalouse et possessive et franchement pas polie, dis donc.

– Enchantée ! lui dit chaleureusement Babette, main tendue.

Sans la regarder, Gina la secoua mollement.

(La main, pas Babette.)

(Même ce n'était pas l'envie qui lui manquait.)

– Où sont les miradors ? demanda-t-elle nonchalamment.

– Les miradors ? répéta l'institutrice.

– Les miradors, voyons. Avec des tireurs d'élite perchés dedans et des bergers allemands affamés en bas, prêts à bondir sur les kidnappeurs, les terroristes, les prêtres exorcistes, les pilotes d'avion dépressifs, les pédophiles, les vendeurs de panneaux solaires… Bref : les gens dangereux ! Vous avez forcément un système de sécurité pour protéger la chair de ma chair, le noyau de mon fruit, mon bébé joli ?

Gina s'appliquait à jouer les mamans folles. Ce qui, en vérité, ne lui demandait pas beaucoup d'efforts. Les mains sur le ventre, les yeux tout ronds et l'air particulièrement agité, elle s'employait à effrayer la gentille maîtresse. La dissuader d'accepter Michel comme jeune élève.

– Pas de miradors, non… Mais nous fermons les portes à clef. Clic clac, double tour ! mima l'optimiste institutrice.

Eh oui, elle était plus maline que Gina ne le pensait…

– Hmm. Mais les marelles sont électrifiées, je suppose ? Et un toboggan d'évacuation d'urgence, vous en avez un ? poursuivit Gina.

– Eh bien, c'est une école primaire, donc non, répondit calmement Babette.

Mais ni son ton ni sa réponse ne calmèrent la mère Grenadine.

– Justement : où sont les douves ? Les tours d'où faire pleuvoir l'huile bouillante et les flèches ? Où est la fosse aux alligators ? Vous avez bien une fosse aux alligators, rassurez-moi ? C'est le minimum, il me semble ! s'emporta la mère, poings sur les hanches.

– Eh bien, c'est une école primaire, donc non.

– Et le surveillant de la cour de récré, c'est un soldat très entraîné, hein ? Parce que, soyons clairs : un étudiant en Histoire de l'Art n'a jamais désamorcé une bombe, vous savez ! Il faut un soldat !

– Eh bien, c'est une école primaire, donc non.

Michel voyait bien que Petite Loutre Évaporée avait franchement envie de rire. Il admirait le professionnalisme et la patience de cette fée de l'enseignement.

Ah, Babette ! Elle était parfaite.

– Mais… mais mais… qu'est-ce que vous avez, alors ?! s'emporta Gina.

L'institutrice fit mine de compter sur ses doigts.

– Aloreeeeeeuh… nous avons des portemanteaux en forme de têtes d'animaux… et un tour de potier, pour apprendre à travailler l'argile… et Clarisse, notre conteuse, qui vient une fois par semaine et joue magnifiquement du steel-drum ! En plus, elle apporte parfois du cake citron-pavot ! Sans gluten ! précisa Babette, très fière de son école tranquille et douce, où les tragédies se résumaient à quelques genoux croûtés et deux-trois avalages de dent de lait.

Gina secoua la tête, faussement chagrinée.

– Rhâââ, quel dommage, ça ne fera pas l'affaire. Tant pis, tant pis ! Mais bonne continuation, surtout, et très belle rentrée à ch…

– C'est génial ! J'adore les cake citron-pavot ! l'étouffa Michel en souriant de presque toutes ses dents. Nous vous suivons pour la visite, Mademoiselle Babelutte.

Et tous deux entrèrent dans l'enceinte de l'école, se souciant aussi peu de Gina que d'une mauvaise chanson.

– Le pavot, ça se coince entre les dents et ça donne l'air bête, je vous ferai dire ! cria-t-elle.

Pffff. Décidément, ce tendredi ne tenait pas ses promesses.

3
Une seule et unique banane

Michel resta longtemps euphorique, après la visite de l'école. Gina tentait désespérément d'attirer son attention, lui proposant dingueries et gourmandises de toutes sortes, mais son fils était totalement absorbé par ses préparatifs et le souvenir vivace de Mademoiselle Babelutte.

L'achat des fournitures scolaires devint sa principale occupation. Il s'y attela avec passion. Petits cahiers à grands carreaux, grands cahiers à petits carreaux, équerre, classeur à levier, intercalaires, feuilles doubles, feuilles simples, papier calque… Ce nouveau monde était décidément fascinant !

Il se voyait déjà découper, tracer, origamer à gogo afin d'impressionner Petite Loutre Évaporée. Ces pensées lui brossaient les dents le matin et trempaient dans sa soupe le soir.

– Tu sais, Mimiche-pois-chiche, tu as le droit de changer d'avis.

– Slurp, slurpait le garçon, une gorgée de potage coulant dans sa tuyauterie.

– À n'importe quel moment. Il ne sera jamais trop tard.

– Slurp.

– Tu pourras toujours rentrer à la maison et me dire : « Maman, l'expérience est terminée, ça y est ! » Et je t'ouvrirai les bras pour t'accueillir. Et la vie sera de nouveau merveilleuse…, promettait Gina, rêveuse, au-dessus de son bouillon.

– Mmmh ? Moui oui, marmottait Michel, l'entendant à peine.

Pauvre Gina. Elle avait perdu l'appétit et le sommeil. Même son travail en pâtissait, car ses idées étaient plus plates qu'un chat sous les pneus d'un camion-poubelle. Elle ne parvenait à dessiner que des robes de princesse et des chapeaux de pirate. Quel manque d'originalité pour cette originale ! Elle se sentait triste. Pire : sérieuse. Pire que pire : ennuyeuse.

La veille du jour J, à quelques heures du matin M, Gina se glissa hors de son lit. Elle se faufila dans la chambre de Michel en évitant soigneusement de poser le pied sur les endroits du parquet qui grinçaient le plus.

Elle fouilla l'obscurité des yeux, tendit les doigts… et chipa le cartable. Wow ! Il était si lourd qu'elle faillit le faire tomber. Puis elle sortit telle une ombre et alla cacher son butin dans le congélateur, entre un paquet de glaces fusées et un reste de polenta.

C'était quasi criminel ; mais, au moins, elle était certaine que son fils n'irait nulle part.

Elle se remit sur le lit et resta allongée dans le noir, aussi insomniaque qu'une chouette, pensant et repensant qu'elle était passée à un poil de maîtresse du drame.

Et qu'elle aurait dû prendre une glace fusée au passage.

Ce plan aurait pu être parfait. Sauf que Michel, au comble de l'excitation, ne dormait que d'une moitié d'œil ! Ses jambes impatientes et ses orteils énervés s'agitaient sous la couette et, lorsqu'elle était entrée dans sa chambre, il avait pu observer à travers ses cils le petit manège de sa mère.

Il avait fait semblant de ronfler pendant qu'elle posait le pied sur les endroits du parquet qui grinçaient le plus. Ensuite, l'oreille dressée, il avait analysé l'itinéraire qu'elle avait emprunté dans la maison. Une fois le silence revenu, il s'échappa à son tour de sa chambre, récupéra le cartable à peine refroidi et soupira.

Puis il attrapa une glace fusée et retourna s'allonger, le cartable sous l'oreiller. Ce sorbet avait le goût de la victoire.

Il ne comprenait vraiment pas le comportement de Gina. Elle était farfeloufoque, bien sûr, mais à peu près saine d'esprit et ouverte aux changements, d'ordinaire. Qu'est-ce qu'il lui arrivait ?

Eh bien, ce qu'il lui arrivait, et dont Michel ne pouvait avoir réellement conscience du haut de ses dix ans, c'est que sa mère n'avait que lui au monde. Ou

plutôt, elle *n'aimait* que lui au monde. Et Rufus, oui, tu as raison de m'y faire penser, mais en l'état, il faut bien avouer que le papa de Michel était aussi capable d'amour qu'un abat-jour ou une clef à molette…

Bref, les choses s'annonçaient compliquées.

Au petit matin, Gina se leva, rassurée et guillerette de savoir que Michel n'allait nulle part. La nuit était passée sous ses yeux sans qu'elle puisse les fermer, mais elle allait faire de ce fun-di un jour génial. Promis.

Et ç'aurait pu se dérouler ainsi… mais non. Car en entrant dans la cuisine, elle trouva Michel déjà assis devant un bol de chocolat chaud tiède et une tartine en forme de tartine.

Il était habillé comme un Playmobil, s'était fait la raie au milieu et empestait l'eau de Cologne.

Et surtout, il portait sur le dos son cartable. LE cartable.

Gina sentit son cœur faire du trampoline sur son estomac.

– Coucou, Michifoumi… Tu… tu as passé une jolie nuit ? demanda-t-elle d'une voix peu assurée.

– Une très bonne nuit, sans intrusion ni aucun vol, merci ! Et toi ?

– Hummm… Je me demande si je ne suis pas somnambule. J'ai comme des flashs, parfois : je me revois faire des choses bizarres. Tout à fait contre ma volonté, marmonna Gina, la mine exagérément inquiète.

– C'est terrible, le somnambulisme, acquiesça gravement son fils en mordant sa tartine. J'ai lu qu'une Américaine avait pris sa voiture en dormant, un soir. Elle est allée s'encastrer dans un arbre, à 500 mètres de sa maison. Et quand elle s'est réveillée, après trois semaines de coma, il lui manquait une jambe…

Michel, les yeux mi-clos et le front en avant, scrutait sa menteuse de mère.

Celle-ci détourna les yeux, un peu honteuse. Elle fut sauvée par le sifflotement de la bouilloire.

– C'est terrible, oui, en effet, hummm… Tu es prêt pour l'école ? demanda-t-elle en remplissant d'eau brûlante un bol tête de vache.

– Oh que oui !

Sur ce, il se leva et vérifia son aspect global dans le miroir du couloir. Il était calme et organisé. Il alla faire un dernier pipi, pour être sûr, puis revint s'asseoir dans la cuisine comme une marionnette inanimée.

Les yeux vissés aux coucous sur les murs, il attendait gentiment l'heure de partir. Et faisait celui qui ne remarquait pas l'angoisse de Gina.

Elle, elle prit tout à coup conscience de l'heure qu'il était et se mit à courir de-ci de-là, une biscotte noyée d'un mélange figue-camembert dans une main, sa brosse à dents dans l'autre. Elle descendit les escaliers en déboutonnant son pyjama, les remonta pour aller chercher une chaussette oubliée. Elle cria : « J'arrive !!! » sans arriver, fit couler l'eau de la douche et mousser ses cheveux pour finalement s'en mettre plein les yeux.

Ce qui lui donna l'occasion de pleurer incognito.

– Je suis prête dans deux minutes, Michenille-mi-papillon ! sanglotait-elle en simulant la gaieté.

– Oh mais ce n'est pas la peine, Maman : j'y vais tout seul, de toute façon !

– Comment ça?!

Gina, qui se savonnait un pied, la jambe en l'air, en tomba à la renverse. Elle débaroula dans la cuisine, emballée d'une serviette qui ne cachait pas tout ce qu'il y avait à cacher. Elle grimaçait douloureusement en se frottant le derrière et ses cheveux dégoulinaient en lianes cotonneuses sur ses épaules.

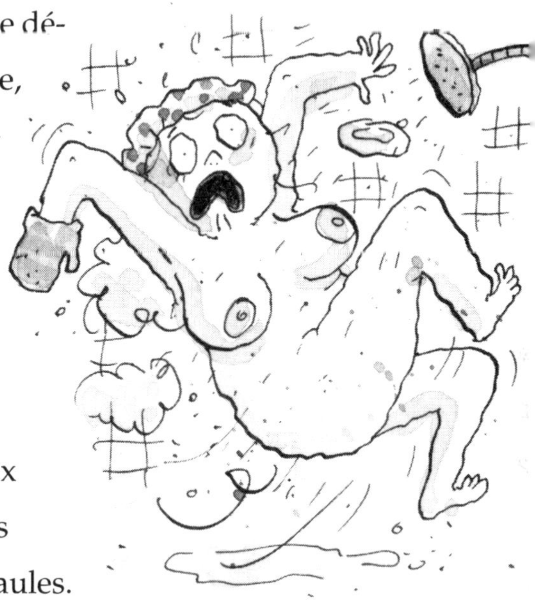

– Tu… tu ne veux pas que je t'accompagne?! gémit-elle, le menton tremblotant.

Michel replaça ses lunettes, l'air grave.

– Maman, je crois que c'est quelque chose que je dois faire seul.

– Mais… Mais on a toujours tout fait ensemble! Les karaokés, les pédicures, les parties de saute-mouton, les excursions en tandem, les concours de tango argentin, l…

– Pour tout ça, il *faut* être deux, Maman. Mais là, ça ne concerne que moi ! lui expliqua doucement Michel.

– Et alors ? L'épilation de la moustache ne concerne que moi et je t'ai toujours laissé participer !

– Ah, mais ça, c'est parce que j'aime bien tirer sur la cire ! pétilla le garçon.

– Oui, bah moi, j'aime bien t'accompagner à l'école !

– Bon. Trouvons un compromis. J'y vais seul ce matin et tu viens me chercher à quatre heures, d'accord ?

Gina essaya encore :

– Mais j...

– D'accord ! Super : je savais que tu serais raisonnable ! Allez, j'y vais ! Je voudrais être un petit peu en avance pour choisir mon animal de portemanteau !

Et hop, Michel bondit sur ses pieds et se hissa sur leurs pointes pour donner un baiser rapide à sa mère. Elle n'était pas très grande mais, aujourd'hui, elle lui parut plus petite que d'habitude.

– Allez, souris, Maman ! C'est fun-di !

À partir de ce moment, la journée de Michel et celle de Gina furent très, très différentes.

Si le premier était heureux, comblé, en route vers l'épanouissement absolu, la seconde était désespérée, piteuse et au bord de l'effondrement.

Michel aima tout de son fun-di matin.

La liberté de marcher seul, dans les rues qui lui semblèrent plus belles que jamais.

Le petit frisson en découvrant la cour agitée comme une fourmilière.

La peur soudaine de ne trouver personne à qui parler.

La joie intense d'apercevoir Babette Babelutte, là-bas, assaillie d'enfants.

« *Oh ! On dirait des mouches vertes sur une bouse fumante…* », pensa amoureusement le jeune Grenadine.

Et enfin, sa rencontre avec Moussa et Marie-Gaufrette.

– Salut ! Tu t'appelles comment ? C'est des vélociraptors sur ta veste ? Tu savais qu'ils avaient une vision tridimensionnelle ? T'as remarqué que ça ressemble rudement à une poule quand ça court ? Moi, sur mon pull, c'est un dragon de Komodo ! Tu savais qu'après avoir tué et mangé leur proie, les dragons de Komodo régurgitent les cornes, les poils et les dents avec un mucus qui schlingue ? T'es dans quelle classe ? T'étais où, avant ?… Je te connais pas ! C'est pas que je connais tout le monde, mais je connais tout le monde *ici* et j'ai une assez bonne mémoire. Bon, pas autant que Dominic O'Brien. Tu savais qu'il a été huit fois champion du monde de mémoire ? Tu restes manger à la cantine à midi ? C'est poisson pané, aujourd'hui ! T'aimes le poisson pané ?

Moussa lui demanda tout ça d'une traite, sans révéler qu'il s'appelait Moussa et en postillonnant pas mal.

Il avait la même taille que Michel, des boucles noires, de grandes dents de lapin, les yeux très rapprochés et l'air gentil. Michel l'apprécia dans la seconde.

– Rhâ, mais laisse-le tranquille ! l'interrompit une fille dont le chignon blond était traversé par un bâton. Salut, lui c'est Moussa, il est hyperactif et moi je m'appelle Marie-Gaufrette.

– Marie-Gaufrette ?! ne put s'empêcher de répéter Michel.

– Hééé ouais. Quand j'étais dans le ventre de ma mère, je lui donnais envie de manger que ça. Elle a pris trente-huit kilos et elle ne les a jamais rendus. Je crois que ce prénom, c'est ma punition, expliqua-t-elle, maigrelette et droite comme le « i » de sérieuse.

Michel se cramponnait aux bretelles de son sac comme à un gilet de sauvetage, enivré par le brouhaha ambiant et toutes ces variétés d'enfants qui couraient autour de lui. Il se concentra pour répondre à la fillette.

– Euh… moi je trouve ça très joli, Marie-Gaufrette ! Je m'appelle Michel ! sourit Michel.

Moussa eut l'air frappé d'illumination.

– Moussa, Michel, Marie-Gaufrette. On a tous les trois des prénoms qui commencent par M. C'est une drôle de coïncidence… Tu crois aux coïncidences, Michel ? Tu crois aux extraterrestres ? Aux fantômes ? Aux espions russes ? À la K-Pop ?

– Et toi, tu savais qu'on se pose environ 7,263 872 milliards de questions par an ? demanda Michel, malicieusement.

– Ah bah nan, j'en avais aucune idée…, chuchota Moussa qui eut, quelques instants, le bec cloué.

Une autre qui avait le bec cloué, c'était Gina.

Elle se morfondait chez elle, se posant les 19 901 questions de la journée en quelques heures. Et toutes concernaient Michel.

Est-ce que Michel allait bien ? Est-ce que personne ne l'embêtait ? Ne le pinçait ? Ne le mordait ? Ne baissait son pantalon pour étaler de la crème chantilly dans la raie de ses fesses ? Est-ce qu'il n'était pas déjà en train de subir l'influence de méchants camarades ? Est-ce qu'on lui avait proposé un « cap' ou pas cap' » douteux, à coups de « cap' de péter dans ta trousse », « cap' de tremper tes cheveux dans les toilettes », « cap' d'écrire **Tu pues du Q** sur la porte de la cantoche ? »

Et cette maîtresse, est-ce qu'elle était *vraiment* gentille ? Et d'ailleurs, est-ce qu'elle n'était pas un peu *trop* gentille ? Est-ce qu'elle n'allait pas la remplacer, elle, Gina, dans le cœur de son bébé-chou ? Est-ce qu'il existait un prénom plus tarte que Babette ?

(Elle se demandait cela car (1) elle était jalouse, (2) elle ne connaissait pas Marie-Gaufrette…)

Et les questions s'accumulaient.

Loin d'elle, Michel était-il en train de passer la pire journée de son existence ?

Pire : loin d'elle, était-il en train de passer la *meilleure* journée de son existence ?

Que pouvait-elle faire pour le convaincre qu'il était beaucoup plus heureux à la maison, avec elle, que partout ailleurs sur le globe ? Comment lui faire voir à quel point elle était coolos-palmitos ? Toujours plus, en tout cas, que cette stupide Petite Loutre Évaporée…

Elle devait prouver au monde entier qu'elle était **INCROYABLE** !

Enfin, peut-être pas au monde entier, mais au petit monde entier de l'école Achille Zavatta, ça, oui.

C'est alors qu'elle eut un éclair de génie. Ou du moins, ce qu'elle prit pour tel. Elle allait se servir de ses dons pour briller aux yeux de son fils, et de ses camarades. Et, accessoirement, en mettre plein les mirettes à Mademoiselle Babelutte.

Aussitôt lancée, elle chercha un énorme rouleau de feutrine jaune au grenier et s'installa devant sa machine à coudre.

Au même moment, Michel prenait place entre Moussa et Marie-Gaufrette sur une chaise vierge de toute crotte de nez et sans le moindre chewing-gum collé.

Gina coupait, doublait, épinglait.

La machine tac-tac-taquait.

Michel écoutait, observait, se ravissait.

RRRRATATATATATATATA

En quelques heures, il apprit de nombreuses choses.

Il découvrit tout d'abord qu'une classe a toujours son vilain. Et que le sien s'appelait Martin. Il était très grand, très mince et avait des cheveux roux qui lui arrivaient à la moitié du dos.

C'était étonnant. Tout le monde le surnommait « Marteau », car apparemment il était un peu… marteau. Michel trouva ça méchant, au début. Mais lorsqu'il vit que Marteau faisait circuler des dessins de Maîtresse Babette toute nue, il décida de le haïr. Tout simplement.

Il apprit aussi qu'une classe a toujours son monsieur-je-sais-tout, et que c'était Moussa.

Il apprit encore qu'une classe a toujours son justicier/redresseur de torts/défenseur du bègue et du dyslexique, et que c'était Marie-Gaufrette.

Il était en train de se demander quel serait son rôle à lui, Michel Grenadine, lorsqu'il songea soudain qu'il n'aimait pas tellement le poisson pané.

Quand les coucous de la cuisine sifflotèrent 15 heures, Gina avait quasi terminé.

– Super ! J'ai juste le temps de me préparer et de passer chez Monsieur Baratini acheter ce qu'il faut… Quelle belle surprise pour notre Michelito-mignonnito, n'est-ce pas Irma ?

Gina ne prit malheureusement pas le temps de regarder son poisson divinatoire. Car Irma avait clairement tourné sur sa gauche. Elle essaya même de hurler pour attirer l'attention de sa propriétaire, mais ne parvint qu'à cracher une bulle allongée et muette.

C'était trop tard, désormais : le destin était scellé. À 16 heures, des parents de tous les genres, tailles, couleurs, formats et styles se pressaient derrière la grille arc-en-ciel.

Et parmi eux, il n'y avait qu'une seule et unique banane.

4

Confiture et déconfiture

Cette banane, tu t'en doutes, était Gina Grenadine. Elle sautillait sur place dans son costume flamboyant, les bras alourdis par un régime de bananes entier. Et elle souriait ! Oh, ce sourire… C'est simple : il était large comme une banane !

Lorsque Michel aperçut sa maman, il trouva d'abord son petit numéro très amusant. C'était du Gina tout craché, de se déguiser et faire le clown, n'importe où, tout le temps. Il était même assez fier : sa mère, quel phénomène !

Seulement, il commença à percevoir des chuchotis tout autour de lui.

« Pssst, t'as vu ça ? Une banane, là, dehors ! »

« C'est fou ! »

« Haaaan, j'en reviens pas ! »

Les chuchotis devinrent des murmures.

« C'est quand même bizarre de venir à l'école en banane… »

« C'est qui ? »

« C'est rigolo mais c'est un peu gênant, quand même… »

Les murmures se changèrent en bavardages.

« Regardez, la dame banane distribue des bananes ! »

« Elle vient d'en donner une à mon papa ! »

« Moi, je l'accepterai pas: c'est interdit d'accepter les bonbons d'un inconnu ! Après il te jette dans le coffre de sa voiture et on te revoit qu'aux infos ! »

Les bavardages laissèrent place aux gloussements.

« Hihihi, c'est n'importe quoi ! »

« Faut être toqué pour se promener comme ça dans la rue ! »

« Si ça se trouve, c'est une terroriste et c'est des bananes piégées ! »

« C'est toi la banane piégée ! »

Lesquels gloussements grossirent en rires.

« *Elle a l'air dingue, celle-là !* »

« *La honte si c'est une maman !* »

« *J'ai jamais vu un truc pareil, moi !* »

Lesquels rires finirent en moqueries.

« *Regardez : elle danse, maintenant !* »

« *C'est la bananadance !* »

« *Ou une salsanana !* »

« *Allez, remue ton popotin de banane, banane !* »

Pour la première fois de toute sa vie, Michel Grenadine vit sa mère comme les autres la voyaient. Une dame un peu zinzin et très embarrassante. Une farfeloufoque qui lui faisait...

Comment dire... Voyons... Quel est le mot exact pour ça ?...

Ah oui.

HONTE.

Michel avait honte. Et même horriblement honte. Les petites taches mignonnes sur son nez disparurent sous le rouge. Tout son visage devint cramoisi, de la racine de ses cheveux jusqu'à son menton en passant par ses lobes d'oreilles.

Il n'avait jamais ressenti ça avant. C'était une toute nouvelle émotion. Et il la détestait.

Il agrippa les bretelles de son cartable et fonça vers le portail, tel un jeune taureau déterminé à encorner quelqu'un.

Il marcha droit sur Gina, qui distribuait des bananes aux CE2 avec enthousiasme et légèreté.

– Qui n'a pas eu sa banane ? Allez, mes petits ouistitis ! C'est plein de magnésium, de calcium, de glucides, de phosphore ! Et de vitamines A, B et C ! C'est un excellent goûter ! Venez chercher votre banane ! Qui veut une banane ?

– Maman, mais qu'est-ce que tu fais ?! gronda méchamment Michel.

– Ah, Michouchou-beignets-chichis, tu es là ! Tu as faim ? Tiens, prends une banane ! dit-elle en lui en tendant une.

– T'es vraiment… incroyable, lui balança-t-il, les dents serrées comme des tenailles.

– Tu trouves ? se ravit Gina sans rien comprendre. Oh, merci, Michic-alors ! Je t'avoue que c'est justement ce que je voulais que tu penses…

Michel resta immobile plusieurs secondes, l'œil noir et l'esprit furibard.

Et c'est à cet instant que Marteau, qui avait atteint sa hauteur en quelques grandes enjambées accompagnées de hennissements, s'empara de la banane que Gina tendait à Michel.

Gina s'éloigna alors pour distribuer les fruits à un petit groupe de CM1 qui tentait de l'esquiver pour filer en douce. Son fils la trouva vraiment grotesque, avec la queue de sa banane qui frottait le macadam lorsqu'elle trottinait…

Marteau, debout à côté de Michel, éplucha rapidement sa banane. Il goba la moitié du fruit d'un coup et articula, la bouche pleine et pâteuse :

– Alors *ça*, c'est ta mère ? Super : chaque classe a son crétin. Il nous en fallait justement un, et je crois qu'on l'a trouvé !

En guise de point d'exclamation, il posa la peau de banane sur la tête du petit Grenadine, et l'aplatit sur ses cheveux. Puis il approcha son visage jusqu'à ce que le bout de son nez touche celui de Michel.

Et il rota. Un gros et long rot bien dégoûtant.

Notre héros ne sut que faire. Il n'était pas du tout préparé à affronter ce genre de moments.

– Hé ! Fiche le camp ou je te maltraite, Martin ! intervint Marie-Gaufrette qui venait de les rejoindre, l'air terrible.

– Ouh là là ! Je tremble de peur. Allez, ciao, Marie-Crêpe ! rigola Marteau.

Puis il s'éloigna tranquillement, assez content de lui, les mains dans les poches.

– T'en fais pas, Michel, c'est qu'un abruti, lui assura son alliée en débarrassant son crâne de la peau de banane.

– Un abruti complet, même : tu sais, il a dû être emmené à l'hôpital l'an dernier parce qu'il avait avalé une chaussette et qu'elle, euh… bouchait la sortie, quoi, ajouta Moussa, tentant de faire oublier ce léger détail qu'était l'humiliation publique de Michel.

Hélas, aucun des exploits crétins de Marteau ne suffirait à faire avaler à Michel ce qui lui semblait bien plus indigeste qu'une chaussette : la colère immense qu'il ressentait pour sa maman.

Sans un mot pour ses camarades, il prit le chemin de la maison.

Au bout de six minutes, Gina s'aperçut de l'absence de son fils. Elle pensa aussitôt à un kidnapping et se mit à tourner sur elle-même, le visage blême.

Ce n'est qu'en voyant quelques CM2 l'observer en ricanant qu'elle commença à se dire que peut-être, *peut-être*, il n'avait pas apprécié sa petite surprise.

Et que peut-être, il était tout simplement rentré sans l'attendre.

Rha ! Irma lui avait-elle donné un mauvais conseil ?… Quelle idiote, celle-là !

C'est donc une banane qui n'avait plus du tout la banane qui retourna au numéro 12 de l'impasse de la Poule-Qui-N'a-Qu'une-Patte.

La porte à peine franchie, elle appela :

– Michaperché ? Tu es où ?

Son regard fut attiré par le carré jaune fluo collé au-dessus du portemanteau.

Gina soupira.

– Allons, Michaud-cacao-chochocho-chocolat, descends ! On va discuter ! Je peux tout t'expliquer !

Mais sur la poignée des toilettes, un autre papier disait :

Gina alla dans la cuisine, dézippa son costume et le fit tomber à ses pieds. Puis elle posa les quelques bananes qui restaient dans la coupe à fruits.

– Tu seras bien obligé de me parler, Michapi-chapo : je suis ta maman ! Et puis ce n'est pas ma faute, c'est Irma qui m'a dit que c'était une bonne idée !

Sauf qu'un autre post-it, sur le bocal d'Irma, précisait :

irma n'est
qu'un poisson !
et toi, t'es qu'une
hurluberlue !

Gina sentit les larmes monter. Hurluberlue. C'était rude. Et ça lui rappelait de bien mauvais souvenirs…

– Michampignon-magique, je suis vraiment désolée… Pardonne-moi ! Je t'en prie !

Un long silence lui répondit d'abord. Puis, d'un coup, les soixante-deux coucous sortirent de leurs maisonnettes pour sonner 16 h 30. Et sur chaque petite tête jaillissante était fixé un papier qui portait l'inscription suivante, courte mais limpide :

La maman, bien que choquée et meurtrie, fut impressionnée : quelle imagination ! Et puis, faire tout ça en six minutes… wouahou !

La première heure, elle ne prit pas tout cela très au sérieux. Elle détacha chaque carré de papier jaune et en fit de petites boulettes qu'elle jeta à la poubelle. Comme si cela pouvait suffire à en faire de mauvais souvenirs…

La deuxième heure, elle prépara une tarte aux pommes, la préférée de Michel, avec beaucoup de cannelle dessus. Hélas, elle eut beau appeler, poser le gâteau devant la porte de sa chambre de façon à ce que l'odeur se glisse en dessous et vienne lui titiller les narines, ses efforts restèrent vains. Il ne sortait pas et ne disait mot.

La troisième heure, elle fit résonner le *Boléro* de Ravel dans toute la maison. Habituellement, cette œuvre avait le don d'apaiser Michel. Déjà, lorsqu'il était tout bébé et qu'il avait des rots coincés, les notes séchaient ses larmes et lui dégageaient l'œsophage.

Elle mit le volume au maximum. La maison vibra, la surface de l'eau d'Irma se rida, les phasmes eurent le hoquet. Même le renard empaillé faillit revenir à la vie pour danser un *paso doble.* Mais Michel, lui, resta cloitré.

La quatrième heure, Gina eut faim. Elle s'aperçut qu'elle n'avait rien avalé depuis le petit déjeuner et se mit en quête de quelque chose à grignoter. Mais en ouvrant les placards et le réfrigérateur, elle découvrit que la plupart des provisions avaient disparu… Michel s'était constitué des réserves pour ne pas avoir à sortir de son terrier en cas de fringale !

Il avait laissé seulement ce qu'il n'aimait pas.

Or, il aimait presque tout.

La situation, comprit Gina, était plus grave qu'elle ne l'avait pensé : c'était la guerre. La guerre froide, mais la guerre tout de même.

Elle dénicha deux vieilles tranches toutes racornies de pain de seigle et un fond de confiture de sureau sur lequel flottait une petite bouée de moisissure. Elle l'écarta du bout de la cuillère. Elle ne pouvait pas faire la difficile.

Cependant, une fois attablée, seule dans le silence lourd de reproches de la maison, elle prit conscience du fait que son fils ne lui en avait jamais voulu autant.

Bien sûr, il y avait eu la fois où elle avait mis le feu à leur tente, pendant leur bivouac dans les bois. Mais c'était accidentel. Et même si Pierre-Poukinouki, le doudou de Michel, était parti en fumée avec le plan de la forêt, les vivres, l'eau potable, la boussole, la balise de détresse et l'aspire-venin, son fils avait décoléré dès la première demi-heure.

Il lui avait toujours tout pardonné. La fois où elle lui avait presque sectionné l'oreille en lui coupant les cheveux. La fois où elle s'était assise sur sa maquette du pont de San Francisco. La fois où elle avait renversé son thé sur sa sculpture de glace de Winston Churchill. La fois où elle avait confondu le dentifrice au menthol et la pommade contre les coups de soleil. La fois où elle avait lavé son T-shirt préféré à 90 degrés. La fois où elle avait jeté sa collection de tickets de caisse en croyant que ce n'étaient que de vieux tickets de caisse...

Et toutes ces fois, Gina s'en était voulu terriblement. Au point d'en avoir le nez picoté de larmes. Au point de présenter un milliard d'excuses. Au point de s'accuser elle-même d'être une mère monstrueuse, nullissime, pourrie-caca.

Et toutes ces fois, Michel l'avait consolée, lui assurant que ce n'était pas si grave, la serrant aussi fort que possible dans ses petits bras maigres, riant dans ses cheveux jusqu'à en avoir de la buée sur ses lunettes.

Il finissait toujours par relever les coins de la bouche de Gina avec ses deux index, en disant :

– Allez, souris, Maman !

Rien que d'y penser, là, dans la cuisine, abandonnée comme une tranche racornie de pain de seigle et un fond de confiote moisie, Gina pleura.

Elle pleura à en avoir les yeux gonflés, mal à la tête, le nez en robinet.

Elle pleura sur la nappe et dans le pot à confiture.

Et c'est ainsi que l'impossible se produisit. Le miracle – ou la malédiction, appelle ça comme tu veux – eut lieu pile au moment où ses larmes ploc-ploquèrent dans le sureau bouilli.

Exactement comme le grand Nostradamus l'avait annoncé dans une de ses prophéties, que je vais traduire pour toi car je suppose que tu parles aussi bien l'astrologue du 16e siècle que le norvégien, n'est-ce pas ? En gros, ça donne à peu près ça :

« Mère au cœur en miettes,
Qui des larmes abondantes sur le confit de fruits verse
Verra son vœu le plus cher exaucé, pour que son chagrin traverse.
Gare aux produits laitiers, au félin et à la fille à fossettes !
L'enfant devra choisir sa mère entre mille têtes,
Et larmoyer à son tour afin que tout s'arrête. »

Cette prophétie, Gina ne la connaissait pas. Et même si elle l'avait connue, franchement, elle n'y aurait pas cru.

Aussi continua-t-elle à noyer sa confiture avec ses pleurs ; et, sans s'en rendre compte, elle se mit à divaguer. Elle pensa qu'elle aimerait être petite. Pas petite comme moi (car je suis plutôt grande), ni petite comme toi (qui n'es pas si petit, on est d'accord). Pas petite comme un tabouret, un coussin ou un rouleau à pâtisserie.

Non : *vraiment* petite. Assez, en tout cas, pour pouvoir se faufiler sous la porte de la chambre de Michel et le retrouver où qu'il aille. Et pour se glisser dans sa poche ou son cartable et l'accompagner à l'école. Elle ne le gênerait jamais, car personne ne la verrait. Elle serait là sans être là…

… comme une souris.

Oui, voilà : Gina voulait être une petite souris.

Écrabouillée par une fatigue soudaine et colossale, elle bâilla à s'en décrocher la mâchoire. Elle n'eut même pas le temps de se lever, de mettre de l'ordre dans la cuisine ou de supplier une dernière fois Michel de lui pardonner : elle s'endormit là, à table, la joue sur sa tartine.

À minuit, lorsque les coucous jaillirent pour chanter douze fois, Gina se réveilla.

Et elle se sentit toute drôle. Toute… bizarre.

Elle secoua la tête, se passa les pattes sur le museau pour se réveiller un peu. Elle avait la moustache tout emmêlée et poisseuse, ce qui l'agaça prodigieusement. Elle vit devant elle le verre d'eau presque vide, immense, et entreprit d'escalader sa paroi lisse. Elle se suspendit au rebord et – zut – elle le fit basculer !

L'eau se répandit sous elle, mouillant ses pattes, son derrière et sa longue queue. Elle en profita pour faire une petite toilette rapide.

Et c'est LÀ. C'est seulement là qu'elle pensa : « *Attends un peu… Comment ça, "les pattes" et "le museau" et "la moustache" et "la queue" ?!* »

Elle courut sur le manche de la petite cuillère, qu'elle trouve plutôt grande, d'ailleurs. Elle se pencha sur la surface bombée pour s'en faire un miroir de fortune, et…

Non !!

Au lieu de son reflet habituel…

Elle vit une souris.

Une souris ? UNE SOURIS !!!!

Deux petits yeux noirs, des oreilles roses et des moustaches frissonnantes… Pas de doute : elle était devenue un de ces rongeurs qu'elle haïssait !

Gina hurla de toutes ses forces, mais aucun cri ne s'extirpa d'entre ses petites dents pointues. Rien qu'un ridicule, minuscule, chicotement.

Elle s'évanouit dans la seconde.

5

À bon chat, bon rat

Aux alentours de 20 h 30, Michel alla faire pipi et se brosser les dents. Il avait pris soin de mettre les cache-oreilles moumouteux qu'il portait en temps de neige. En l'occurrence, c'était moins pour se réchauffer que pour ne pas entendre sa mère l'appeler, le supplier, se plaindre et gémir.

Ou pire, sangloter.

Il avait beau être en colère, il n'en était pas moins un être humain doué de sensibilité. Et il se connaissait : il avait le pardon très facile.

Or, cette fois, il tenait à ce que Gina retienne la leçon. Il ne s'agissait pas de broutilles comme un doudou parti en fumée ou un T-shirt rétréci. Non. On parlait de sa vie sociale, de sa réputation, de son équilibre psychologique !

À cause du sketch bananesque de sa mère, il avait été repéré et pris pour cible par l'immonde, l'ignoble, l'affreux Marteau. Ce n'était pas rien. Il allait certainement être forcé de faire appel à ses talents au Krav-maga pour obtenir le respect qui lui était dû. Il fit d'ailleurs quelques étirements entre les toilettes et le lavabo. Une bonne préparation physique et mentale, voilà le secret des grands triomphes.

Ainsi donc, occupé à briser en imagination les os de Marteau tout en lustrant méticuleusement chaque incisive, Michel ne remarqua pas le silence inhabituel, et même anormal, dans laquelle baignait la maisonnée.

Il alla se coucher, décidé à bouder le temps qu'il faudrait, et s'enferma jusqu'au petit jour.

À sept heures pétantes, il alluma le petit réchaud de camping posé sur son bureau pour faire bouillir du lait dans sa minuscule casserole de voyage. Il y jeta quelques mesures de cacao en poudre qui se densifièrent au contact du liquide et touilla avec satisfaction. Ce n'est pas parce qu'il faisait la tête qu'il ne devait plus se nourrir correctement.

Il grignota quelques biscuits au sésame en lisant une bédé, puis il fit une toilette de chat avec des lingettes imbibées d'*aloe vera* et choisit les vêtements les plus neutres possible. S'il avait eu un costume d'invisibilité dans son armoire, il l'aurait revêtu en ce marre-di.

Quand le moment de partir fut venu, il descendit les escaliers – en glissant sur la rampe, afin d'éviter tout craquement traître. L'épais tapis dans le couloir de l'entrée atténua le léger « BOUM » de son atterrissage, pieds joints.

Enfin, sans jeter un regard vers la cuisine où Gina se trouvait toujours d'habitude à cette heure matinale, il sortit. Une fois dans la rue, il se félicita.

– Bravo, Mishinobi[9] : tu es passé maître dans l'art de la furtivité !

Oui, peut-être l'était-il. Toutefois, il ne pourrait jamais égaler sa mère à ce petit jeu, maintenant qu'elle était devenue une souricette.

Justement, celle-ci se réveilla pile au moment où son fils quittait l'impasse. Elle tenta de garder les yeux fermés le plus longtemps possible, se répétant comme un mantra : « *Tu as fait un mauvais rêve, c'est tout. Tu as fait un mauvais rêve, c'est tout.* » Hélas, lorsqu'elle souleva ses petites paupières, elle découvrit à nouveau ses pattes, sa fourrure perle et sa queue, rose et lisse.

9 Les ninjas étaient autrefois appelés shinobis. Comme il n'y avait pas de jeu de mots rigolo à faire avec « Michel » et « ninja », j'ai fait une petite recherche. C'est cadeau.

Elle se trouva parfaitement dégoûtante. Cependant, son esprit était trop perturbé pour qu'elle y pense vraiment. Quelque chose, dans l'air, l'obsédait. Une odeur. Une odeur de fromage ? De moisissure ?

De fromage moisi ?

Elle se rappela avoir jeté, la semaine dernière, un rectangle de Comté suintant, tout couvert de mousse blanche et duveteuse. Elle se mit à le regretter amèrement. L'image de l'exquise tranche parsemée d'écume occupait toute la place dans son cerveau de rongeur… Rien que d'y penser, et bien malgré elle, la salive lui montait aux moustaches. Il fallait qu'elle trouve quelque chose à avaler !

Elle sauta de la table, atterrit gracieusement sur la chaise et se laissa glisser le long du dossier. Elle se sentait si agile et sportive… si libre !

D'ailleurs, elle se trouvait en excellente forme ce matin, pour une femme de trente-cinq ans et demi qui mangeait beaucoup de charcuterie et se sentait essoufflée dès la huitième marche de l'escalier…

Elle courut sur le carrelage avec fougue et bonheur et découvrit au passage, oh là là, que la propreté de ses sols laissait vraiment à désirer.

Les moustaches tendues comme des baguettes de sourcier, elle se laissait guider par son odorat. Elle rampa sous le réfrigérateur et pénétra dans une zone obscure de crasse et d'humidité qui plut monstrueusement à la souris qu'elle était. Elle renifla un peu partout, ne négligeant aucun centimètre carré. Puis elle se délecta d'un reste de boudoir rassis, d'un grain de raisin ratatiné et de quelques coquillettes momifiées. Ce fut, et de loin, le meilleur repas de sa vie !

Elle s'obligea pourtant à se secouer : elle devait arrêter de penser avec son estomac. Il ne fallait pas laisser l'instinct de souris prendre toute la place dans sa petite caboche.

« Je dois me fixer un objectif clair. Redevenir Gina Grenadine, mère zinzin et créatrice de génie », s'ordonna-t-elle.

Certes, mais comment faire ?

Et par quoi commencer ?

« Réfléchis, Gina, réfléchis !! »

Ah oui : d'abord, il fallait trouver Michel. Parler à Michel. Obtenir l'aide de Michel. Seule, elle ne voyait vraiment pas comment se tirer de cette situation…

Elle se dit qu'elle devait monter s'habiller, avant de se souvenir, eh bien, qu'elle était une souris ! Comme c'était commode : nul besoin d'être présentable, d'assortir le haut avec le bas, d'enfiler une paire de souliers à la fois beaux et confortables… La nudité lui offrait un sentiment de liberté tout à fait merveilleux !

Bon, mais à présent, elle devait réfléchir à la façon dont elle allait sortir de la maison. La porte d'entrée était fermée, toutes les fenêtres aussi… Heureusement, elle s'aperçut bientôt que la chouette baraque qu'elle aimait tant était un véritable gruyère : des petits trous, des petits trous, toujours des petits trous. Elle n'eut aucun mal à dégoter une brèche dans une plinthe du salon.

Quel soulagement : elle put s'y faufiler sans effort ! D'ordinaire, son derrière était un obstacle à des tas de choses. Ce petit popotin de souris était très pratique !

En un clin d'œil, Gina traversa le mur, constatant au passage que l'isolation n'était pas très épaisse et que les briques s'effritaient. Si, par chance, elle redevenait elle-même, il faudrait qu'elle remédie à cela…

Le vent frais du dehors émoustilla ses moustaches. Mille odeurs et autant de tentations la submergèrent en même temps. Elle sentait chaque fleur, chaque fruit, le moindre brin d'herbe. Elle pouvait deviner quels animaux et insectes peuplaient le jardin rien qu'aux effluves qu'ils laissaient dans leur sillage. C'était incroyable !

Allons, se reprit-elle, *en route.*

Mais alors qu'elle était sur le point de traverser la pelouse, elle crut voir passer une ombre rousse sur sa droite. Son minuscule cœur de souricette se mit à battre la chamade. Il tapait « dan-ger ! dan-ger ! » dans sa poitrine. Elle devait courir, et plus vite que ça !

« Mais t'as de la semoule dans les pattes ou quoi ? J'ai dit VITE !! » hurlait son instinct.

Et Gina courait. Elle courait si vite qu'elle avait la sensation de voler… mais, derrière elle, le sol tremblait. Une créature plus lourde qu'elle, plus puissante, la talonnait. Elle serait bientôt là !

C'est alors que Gina fit l'erreur à ne pas commettre en pareil cas. (Souviens-t'en, si tu devais un jour devenir un rongeur.) Elle regarda en arrière.

Et là, elle vit deux yeux jaunes fendus de lunes noires. Des moustaches longues et drues comme des pics à brochettes. Des oreilles dressées et orientables, tels des radars de sous-marin. Des pattes aussi solides que souples, achevées par des coussinets qui permettaient bonds et rebonds.

Pas de doute, la nature avait pensé et créé Mort-aux-rats pour l'extermination des rongeurs.

Il était évidemment trop tard pour cela, mais Gina regretta les tonnes de croquettes au saumon qu'elle avait offertes au fil des ans à son futur tortionnaire. Et toutes ces gratouilles sous le menton qu'elle lui avait dispensées des heures durant, devant la télé, ça ne comptait pas ?!

Non, ça ne comptait pas.

Elle en fut tout à fait convaincue lorsqu'elle sentit la patte de Mort-aux-rats s'abattre sur sa queue, l'immobilisant net.

Elle entendit le monstre ronronner de satisfaction.

– Tiens, tiens, tiens… Je crois qu'on a livré mon petit déjeuner !

Même si elle parlait désormais le Chat et que c'était chacrément cool, Gina frissonna.

– Mort-aux-rats, c'est moi ! C'est Maman ! Je t'interdis de me manger ou... ou je te vermifuge ! essaya-t-elle, désespérée.

– Pour qui te prends-tu, vermine ? Comment oses-tu t'adresser à moi !? Je suis un chat ! On me vénère depuis l'Égypte ancienne ! Je te chassais déjà dans les Pyramides, pauvre crotte !

– Ah, c'est intéressant que tu me dises ça parce que j'ai eu l'occasion d'aller au Caire, en juillet 92, et j'ai a-do-ré ! La culture, la nourriture, les gens..., débita Gina, espérant ainsi gagner un peu de temps.

– C'est vrai ? répondit le félin, l'air sincèrement intéressé. Et tu as eu l'occasion de visiter la forteresse de Babylone ?

– Oui, bien sûr ! Mais toi, comment tu as fait pour y aller ?! demanda Gina, intriguée.

– Oh, c'était dans une autre vie. La troisième. Elle était rudement plus intéressante que celle-ci, si tu veux mon avis... Même la cinquième était meilleure, alors que je l'ai finie en tombant dans un broyeur à sapins. Ce fut ma pire mort.

– Aïe aïe aïe… ça a dû piquer ! grimaça Gina, qui comprenait soudain d'où venait la détestation de Mort-aux-rats pour l'arbre de Noël et sa manie de le renverser chaque année.

– Oh oui… Mais, au moins, je n'ai jamais été une femelle. C'est très dur d'être une chatte. Je croise les griffes pour que ça ne m'arrive jamais dans une prochaine vie !

– C'est vrai que vous en avez sept, vous autres… c'est une chance. Moi je n'en ai qu'une et je t'avoue que, du coup, j'y tiens un peu, argumenta la souris.

– Je suis désolé pour toi mais, très sincèrement, je m'en fiche. Adieu.

Puis il se pencha, gueule ouverte et pupilles assassines. Gina ferma les yeux, le museau tremblotant, se repassant tout le film de sa vie.

Jamais, au grand jamais, elle n'aurait imaginé une telle fin…

Elle eut une dernière pensée pour Michel, son Michel qu'elle aimait tant. Dire qu'elle allait quitter ce monde sans s'être réconciliée avec lui…

Elle songea aussi à Rufus, à leur bel et étonnant amour, à toutes les parties de bowling qu'elle ne ferait pas en son hommage.

Et à ce livre qu'elle n'avait pas fini de lire. Elle ne saurait jamais si la comtesse allait succomber aux charmes du forgeron sourd ou aux avances insolentes de la femme de chambre bulgare.

Et toutes ses vieilles culottes qui, après sa disparition, allaient être touchées, vues et triées par des mains étrangères… Elle aurait dû les jeter depuis longtemps déjà !

Rrrhâââ… Que de regrets, décidément.

Elle était donc là, à attendre la morsure fatale, lorsqu'elle entendit un « BENG ». Ou un « BAM » ?

Un bruit sourd, quoi.

Prenant son courage à deux pattes, Gina ouvrit les yeux et vit Mort-aux-rats, couché sur le flanc, endormi. À côté de lui, une énorme pomme rouge vacillait encore. Gina regarda en l'air, vers le pommier, et aperçut un éclair caramel entre les feuilles.

Là-haut, un écureuil lui faisait signe.

– Tu es blessée ? lui demanda gentiment l'animal.

– Non, tout va bien ! répondit Gina. C'est toi qui as lancé cette pomme ? Tu vises drôlement bien !

Merci ! Tu devrais apprendre à te défendre, tu sais : cet été, ce chat a haché menu deux cousines, ma tata et mon papi. Il avale douze oiseaux par semaine et mâche les musaraignes comme des chewing-gums. Nous, quand il nous attrape, c'est juste pour le plaisir. Il laisse nos cadavres au pied de l'arbre et garde nos queues en trophée.

– C'est horrible ! cria Gina, les pattes sur le museau.

– Tant de vies pourraient être épargnées si son idiote d'humaine lui faisait porter un collier à clochette ! C'est pas compliqué, si ?

– Non, non, c'est sûr… Peut-être qu'elle n'y a simplement jamais pensé…, bafouilla Gina, qui se sentit rougir sous son pelage.

– Oh, mais c'est tout à fait ça : les humains ne pensent à rien ! Ils bousillent tout !! On serait beaucoup

plus heureux sans eux ! s'énerva un peu l'écureuil.

– C'est vrai, c'est évident… Quelle sale… race, les humains…, baragouina Gina.

– Oh que oui ! Et si tu veux mon avis, celle qui vit dans cette maison en est le meilleur exemple ! Et que je me regarde pendant des heures dans le miroir, et que je boulotte du saucisson en cachette, et que j'ai un renard mort comme décoration, et que je hurle dès que je vois une araignée… Les araignées aussi, elles hurlent en la voyant ! Elle croit quoi, que c'est juste pour faire leur jogging qu'elles s'enfuient à toutes pattes quand elle les croise ?

Gina trouva cela un peu injuste. Elle n'était peut-être pas la meilleure amie des animaux, mais elle n'était pas méchante ! Et elle ne voyait vraiment pas ce que sa consommation de saucisson (très raisonnable, d'ailleurs) venait faire là-dedans !

– C'est sûrement un problème de communication, la barrière de la langue… Enfin, je ne la défends pas… J'essaie juste de comprendre !

– Pffff, personne ne peut comprendre Patate Poilue. Elle est bête comme une noisette.

« Patate Poilue » ?! Eh bien ! Gina l'avait, son nom Chippewa.

– Je… Euh… je dois y aller. J'ai un rendez-vous. Et puis, je ne veux pas être là quand il se réveillera, celui-là… Merci encore, hein ! Et bonne continuation ! bredouilla la souris en reculant doucement.

– Salut ! Et sois plus prudente, à l'avenir : **LE DANGER EST PARTOUT !** gronda l'écureuil avant de disparaître dans une niche minuscule creusée dans le tronc du pommier.

« Le danger est partout » ?!

À part les chats, elle ne voyait vraiment pas de quoi elle devait se méfier !

Elle se gratta l'oreille et contourna, sur la pointe des pattes, le gros matou en pleine sieste.

Ensuite, elle reprit sa course, espérant que le trajet jusqu'à l'école ne lui réservait pas de nouvelle mauvaise rencontre.

Comme la ville lui semblait belle et grande, vue du sol ! Gina Grenadine se sentit rapidement ivre de sons, de vibrations, d'odeurs. Ses oreilles s'électrisaient et son museau en prenait plein… le museau. Les voitures et leurs klaxons, les vélos et leurs sonnettes, c'était si…

Miam, quelqu'un faisait un pot-au-feu au numéro 4 ! Et au 7 de la rue de la Vache-Pondeuse, les prunes mauves, gorgées de soleil, étaient prêtes à être cueillies ! **Hmmm** ! Le boucher de l'avenue des Branquignoles coupait un énorme salami danois en tranches fines ! Oh, et sur le trottoir, un reste de croissant aux amandes l'appelait de toutes ses miettes…

Bravement, Gina résista à toutes ces tentations gastronomiques. Car, souviens-toi, il lui fallait trouver Michel, parler à Michel, obtenir l'aide de Michel.

Voilà ! Elle était devant la grille arc-en-ciel.

Elle la franchit, trottinant d'ombre en ombre pour traverser la cour. Elle était presque arrivée au préau lorsque la cloche sonna la récréation.

L'instant d'après, la terre trembla sous les petites pattes de Gina.

6

Quatre petites crottes

Il faut avoir vu un tsunami enfler devant soi pour comprendre ce qu'a ressenti notre souris à cette seconde.

Tétanisée, les moustaches pétrifiées et les pattes engourdies, elle vit affluer un troupeau de chaussures hautes comme des immeubles.

Des douzaines d'enfants, précédés de leurs hurlements en sirènes d'ambulance, couraient dans tous les sens, bondissaient, zigzaguaient à toute allure. Certains avaient les bras parallèles au sol pour faire l'avion et ne regardaient pas du tout où ils marchaient ! D'autres sautaient à la corde, manquant de la décapiter à chaque tour !

Il y en eut même une qui faillit lui fendre le crâne d'un jet de caillou, alors qu'elle traversait la marelle.

Épouvantée, elle manqua se faire écraser cent fois, tournant et contournant les obstacles, bondissant et poussant des cris stridents que nul ne semblait entendre. Quel cauchemar... L'écureuil avait raison : le danger était partout pour Patate Poilue.

Assaillie de toutes parts, elle sentit qu'elle allait bientôt renoncer à se battre. Eh oui. Se rouler en boule, chanter une chanson dans sa tête et attendre le Grand Écrabouillage lui paraissait inévitable...

Mais tout à coup, *alléluia*, elle aperçut, entre les jambes ennemies, un trou minuscule dans la première marche du préau.

Elle courut comme si sa vie en dépendait (ce qui était le cas), et se blottit du mieux qu'elle put dans la petite cavité.

Là, elle attendit que son cœur s'apaise et que son souffle lui revienne pour réfléchir.

Michel.

Où était Michel ?! Elle n'avait pas repéré son odeur de biscuit beurré, d'eau-de-Cologne et de petit garçon. Elle n'avait pas non plus reconnu sa paire de tennis blanches, où il avait écrit au marqueur indélébile « La science, c'est super ! »

Sortant le museau du trou, Gina fouilla du regard l'horizon de pieds. Au bout d'une ou deux longues minutes, elle dut se résigner.

Michel n'était pas là.

Il était forcément à l'intérieur, alors. « *Crotte !* » pensa-t-elle. Elle allait devoir quitter son refuge et courir comme si elle avait la queue en feu.

OK.

Une… deux… trois !

Elle se précipita, monta les quatre marches – ouch, elle n'avait plus fait autant d'efforts depuis la naissance de Michel, lorsqu'il avait fallu faire sortir ce gros bébé de presque cinq kilos de son ventre…

Une fois dans le hall, elle regarda à droite puis à gauche, reconnut les portemanteaux animaux. Elle en vit un à tête de souris et ne put s'empêcher de frissonner.

Zut de zut, l'endroit était désert. Son odorat la guida vers une porte sur laquelle étaient dessinées de grosses gouttes bleues…

Les toilettes, bien sûr ! Michel devait être en train de faire un petit pipi !

Elle courut jusqu'à la porte. Hélas, celle-ci était parfaitement hermétique et en excellent état. Pas la plus petite fissure.

Quelle plaie… Elle posa ses pattes supérieures sur la surface lisse et poussa de toutes ses forces de minuscule rongeur. Et là, crois-le ou non : rien ne se passa. La seule chose qui bougea fut Gina, qui glissa en arrière et s'étala de tout son petit long.

Elle eut envie de soupirer…

… lorsque deux enfants géants débaroulèrent dans le couloir.

– Y a une bagarre, je rigole pas ! braillait l'un à l'autre, excité comme une puce sur un chien. Là, dans les toilettes !

– Pffff… À chaque fois tu dis ça et, en fait, c'est juste parce que t'as peur d'aller aux vécés tout seul, répondait l'autre à l'un.

– N'importe quoi ! C'est juste que je trouve que la chasse d'eau est rudement forte.

– Mais je t'ai déjà dit mille fois que tu PEUX PAS ÊTRE ASPIRÉ DANS LES TOILETTES !

Une bagarre ?! Gina eut un mauvais pressentiment. Son cœur se serra d'un coup et, enhardie par son besoin d'en savoir plus, elle sauta, attrapa le lacet d'un des garçons pour s'y cramponner de toutes ses forces.

Elle balançait dans tous les sens : c'était pire que Space Mountain, là-dessus !

Les deux écoliers ouvrirent la porte des vécés. Gina lâcha sa liane de fortune et essaya de se faufiler entre les nombreux souliers qui obstruaient le carrelage douteux. Il y avait foule, dis donc ! Ça chuchotait de tous les côtés.

– Il va le taper !

– Mais pourquoi il veut le taper ?

– Je sais pas trop. En même temps, c'est Marteau. Ça se saurait, si y avait une raison quand il tape.

– Moi, un jour, il a voulu me cogner parce qu'il aimait pas l'odeur de mes sourcils.

– Ce type est malade dans sa tête.

– Ouais… En même temps, le nouveau aurait pas dû crâner !

– Il a pas crâné : il a juste répondu à une question de la maîtresse !

– Mais ça se sait que Marteau, il supporte pas quand y a quelqu'un de plus malin que lui !

– Bah alors, sa vie va être remplie d'insupportations !

– Hihihihihihi !

– Hahahahaha !

– Chut ! Taisez-vous ou ce sera votre tour, après !

– Faudrait p'têt prévenir la maîtresse… ou aider le nouveau, non ?

– C'est ça ! Et pourquoi on se mettrait pas nous-mêmes la tête dans la poubelle ?

– Mais ils sont où, Moussa et Marie-Gaufrette ?! Je croyais que c'étaient ses copains !

– Moussa est chez l'infirmière, il voulait lui poser des questions sur les différentes phases du croûtage des plaies. Et Marie-Gaufrette est punie de récré pour avoir défendu un CP en mettant un coup de tête à un CE2.

– Mince. Elle, elle aurait su quoi faire...

– Dommage. Bon, bah, Grenadine est fichu.

Grenadine ! Oh non ! Gina accéléra entre les semelles, jusqu'à ce qu'elle aperçoive les tennis de Michel.

Elle leva le nez et vit un garçon très chevelu à l'air un peu marteau en train de secouer son petit garçon d'amour comme un prunier pourri. Michel, lunettes de traviole et visage blême, n'opposait pas de résistance et se faisait mou comme un chiffon à poussière.

« *Et tous ces cours de Krav-maga, alors ?!* » eut envie de hurler sa maman, qui avait payé cher ces leçons.

Bien. Il n'y avait pas mille solutions. Gina inspira et entreprit l'ascension du jean de Martin. Elle planta ses petites griffes dans le tissu rêche et gravit ce qui lui parut être la Tour Eiffel avec une facilité déconcertante !

Après avoir franchi la ceinture, elle coinça sa patte dans une maille du pull, s'en dépatouilla, et escalada la tignasse rousse.

Martin, tout occupé qu'il était à essayer de faire faire pipi à Michel dans son pantalon, ne remarqua rien. Il ne sentit pas Gina, juchée sur son épaule. Mais lorsque celle-ci lui mordit l'oreille jusqu'au sang, le voyou du bac à sable hurla de toutes ses côtelettes. Puis il gesticula, frappa l'air de ses poings, jappant tel un chien fou.

Gina, pendue à son lobe comme une boucle d'oreille, n'abandonnait pas sa proie.

Tout le monde la voyait, maintenant. Les enfants crièrent.

– Une souris !

– La vache, une souris !

– Une vache qui sourit ? Où ça ?

– Nan, y a une souris qui attaque Marteau ! C'est dingue !

À cet instant, la cloche sonna et tous, comme si rien d'extraordinaire ne s'était déroulé ici, sortirent sagement des toilettes. Martin se gifla l'oreille, atteignant Gina. Elle dégringola, dégringola !

Le fracassage de son squelette sur le carrelage douteux était imminent lorsque – **OUUUF**, Michel la rattrapa au vol, les mains en panier.

Il ressentait beaucoup de gratitude pour sa petite sauveuse. Lui éviter une commotion cérébrale était la moindre des choses !

Martin, grimaçant de douleur et de rage, avança vers lui, menaçant.

– Je sais pas qui je vais ratatiner en premier : la souris ou toi ?

Michel gloupsa. N'importe qui, dans cette situation, aurait lâchement tendu l'animal à son ennemi. Moi, par exemple, je ne sais pas si… Bref, ce n'est pas la question. Notre jeune héros, lui, cacha l'animal dans la manche de son pull.

(Ce qui, il le comprit dès qu'il sentit le rongeur courir sur son bras jusqu'à l'épaule, n'était pas une riche idée.)

– Super. Donc je vais commencer par toi, Grenadine !

Martin s'avança encore d'un pas, levant son poing tel un boxeur. Il allait frapper lorsque, ô miracle, un ange passa.

Oui, là, dans les toilettes. Et cette apparition céleste s'appelait Babette Babelutte.

– Les enfants, vous n'avez pas entendu sonner ? Il est temps de rentrer en classe, hop hop hip ! chantonna-t-elle. Mais… qu'est-ce que vous faisiez ?

– Rien, Mademoiselle : le nouveau a une très grosse diarrhée. Je l'approvisionnais en papier-fesse, c'est tout ! répondit le tyran d'une voix candide.

– C'est très gentil de ta part, Martin ! Je suis fière de toi ! Allez, viens : laissons à Michel quelques minutes d'intimité ! dit-elle en saisissant la main de ce sale petit menteur.

Michel était déconfit : cet abruti serrait les doigts gracieux de Petite Loutre Évaporée, après avoir fait ce qu'il avait fait, ou plutôt tenté de faire… Quelle injustice !

Au même moment, Gina sortit la tête de son pull, juste là, près de son cou. Il lui caressa le crâne du bout du doigt et soupira.

– J'ai eu de la chance que tu sois là. Tu sais, normalement, je maîtrise les gestes du Krav-maga mais, je sais pas, c'était comme si j'avais tout oublié.

Gina regarda les yeux mouillés de son fils et eut envie de lui faire un gros câlin.

– Michel, c'est moi, c'est Maman ! Je suis là, ne t'en fais pas !

Mais le petit garçon n'entendit que des petits couinements. Il inclina son oreille vers son épaule et fit semblant de l'écouter. Il alla même jusqu'à lui demander gentiment :

– Ne me mords pas, hein ! C'est juste pour mieux t'entendre !

– Michel, c'est moi, c'est Maman ! Je suis là, ne t'en fais pas ! répéta Gina, aussi fort qu'elle le pouvait.

Michel sursauta : avait-il bien entendu ? Et bien compris, surtout ?!

Non. C'était impossible.

– Non, c'est impossible…, bredouilla-t-il.

– Si, c'est moi ! Je te le jure sur la tête endormie de Rufus !

– Tu connais mon papa ?! Mais… comment ?!

– Bah, parce que c'est moi ! Gina Margarita Reine Quatre-Saisons, ta mère !

Hmmm… cette souris avait dû voler la carte d'identité de sa maman, pensa Michel. C'était la seule explication rationnelle.

Puis il s'auto-moqua de lui : « *Une souris voleuse de carte d'identité… N'importe quoi, toi !* »

Non, il devait se rendre à l'évidence : c'était bien…

– Maman ! Qu'est-ce que tu as encore fabriqué ?! s'exclama-t-il, les yeux écarquillés.

– Mais rien, je te jure ! C'était hier soir, j'étais dans la cuisine, en train de grignoter une tartine rassie et moisie juste comme il faut, et je… j'étais bouleversée par tes post-it et, c'est vrai que, l'un dans l'autre, sans réellement m'en rendre compte, j'ai fait le vœu de devenir une petite souris. Pour ne jamais te quitter. Seulement, je ne le voulais pas vraiment : c'était plus une métaphore, une image, tu vois ?

– Bah, j'ai jamais vu une métaphore avec une aussi longue queue et de si jolies oreilles ! sourit tendrement Michel.

– Oh, ne me regarde pas : je suis hideuse ! gémit Gina en cachant ses yeux noirs en tête d'épingle sous ses petites pattes.

– Tu es très mignonne, Maman. Et même, je crois que c'est le meilleur déguisement de toute l'H.O.I.D.D ![10]

Gina se serra contre le cou de son fils et soupira de bonheur. Ils étaient réconciliés !

Michel pouffa en gigotant.

– Tu me chatouilles avec tes moustaches, Maman !

Bon ! Cela dit, il fallait tout de même passer aux choses sérieuses.

– Bon ! Cela dit, Maman, il faut tout de même passer aux choses sérieuses, déclara très sérieusement Michel. Nous devons trouver un moyen de te faire

10 L'Histoire Officielle et Internationale Du Déguisement. Les vrais savent. Nan, je plaisante. Ça n'existe pas. Mais ce serait coolos pépitos.

redevenir toi. Répète-moi exactement ce qu'il s'est passé.

– Rien de plus que ce que je t'ai raconté: j'étais à table et je pleurais, là, dans ma confiture, quand j…

Michel, qui n'avait rien d'un âne bâté, comprit instantanément et blêmit.

– Dans ta confiture? Tu pleurais dans la confiture? C'est une métaphore, ça aussi, ou tes larmes sont *vraiment* tombées sur la confiture?

– Non, vraiment, mes larmes sont tombées sur la confiture. Mais c'était agréable, en fait, parce que ça équilibrait un peu, grâce au sel contenu dans le liquide lacrymal. Ça contrebalançait, tu vois? Moi, j'ai toujours aimé le sucré-salé. Com…

– Mais enfin, Maman: il ne faut JAMAIS pleurer dans la confiture!! T'as pas entendu parler de la prophétie de Nostradamus sur les larmes des mères et la confiture, ou quoi?! s'énerva Michel en se frappant le front.

– Euh… je sais plus trop… pourquoi? Il a dit quoi, Nostradamus? demanda Gina timidement.

Michel ferma les yeux pour plonger dans sa mémoire et nager la brasse coulée dans ses souvenirs.

– Attends, je me rappelle… Ah oui : « Mère au cœur en miettes, Qui des larmes abondantes sur le confit de fruits verse, Verra son vœu le plus cher exaucé, pour que son chagrin traverse. » Et ensuite… Rhâ, je me rappelle plus la fin…

– Dis donc, t'as une sacrée mémoire ! Je suis impressionnée ! Bravo, Michocobons !

Michel sourit, flatté, même si honnêtement, il savait qu'il n'y avait pas de quoi se vanter.

– C'est pas du tout impressionnant: c'est écrit sur le mug que je t'ai offert à Noël, l'an dernier!

– Ah oui! Je me souviens! mentit Gina. C'était vraiment un super cadeau, ça!

– T'as oublié, pas vrai? ronchonna Michel. Bon, peu importe. Il faut qu'on retourne à la maison, qu'on trouve ce mug et un moyen d'inverser le sort! Allez, rentrons!

– Il n'en est pas question: tu vas terminer ta journée d'école! Je ne veux pas te faire rater ne serait-ce qu'une heure de cours! s'écria Gina, étonnamment autoritaire et conforme à ce qu'on attend d'un parent d'élève.

Michel hésitait. Il n'était plus si pressé d'aller en classe, maintenant qu'il était menacé de mort par Martin et qu'il se savait incapable de reproduire face à lui les gestes du Krav-maga. Peut-être que la meilleure chose à faire était de courir jusqu'à la maison et de s'y cacher pour les vingt prochaines années…

Mais contre toute attente, Gina n'avait pas l'air d'accord. Elle se percha sur ses petites pattes pour lui dire:

– Tu ne vas quand même pas retourner à la maison et y rester pour les vingt prochaines années ? Ce serait une erreur. Crois-moi. Et puis, Michenapan, je suis là. Et je suis prête à exercer mon Krav-maga de rongeur ! Hihaaaaaa !

– Tu es gentille, Maman. Tu sais, c'était vraiment pas drôle de ne plus te parler et de devoir t'ignor…

– Oh, pardon mon chéri !!! couina tout à coup Gina, l'interrompant.

– Quoi ? Qu'est-ce qu'il y a ?

– J'ai fait quatre petites crottes sur ton épaule…

7

Graine de Tueuse en Série

Lorsque Michel revint en classe, avec Gina dissimulée sous le col de son pull, Babette Babelutte était en train d'épeler le mot « D-I-A-R-R-H-É-E ». Comme elle le disait toujours : « Chaque occasion d'apprendre doit être saisie ! »

Notre Grenadine, le rouge aux joues, alla s'asseoir entre Moussa et Marie-Gaufrette. Ils le regardaient avec beaucoup de compassion (et, caché derrière la compassion, un peu de dégoût).

Michel soupira.

– J'ai pas du tout la diarrhée : c'est Marteau qui a raconté ça à la maîtresse pour m'humilier ! souffla-t-il, agacé.

– Ah, ouf ! Parce que, tu savais que la diarrhée est la deuxième cause de mortalité chez l'enfant de moins de cinq ans ? demanda Moussa.

– Bah il a pas moins de cinq ans, alors tu peux nous lâcher les baskets, Mouss', grommela Marie-Gaufrette en levant les yeux au ciel.

Pendant ce temps, Gina, le museau affleurant du col, découvrait le nouveau petit monde de son fils. Ses deux copains avaient l'air très sympathiques !

Une chaleur se diffusa en elle à la pensée de l'amitié. Son garçon mis à part, elle n'avait plus de confident depuis si longtemps…

Et brusquement, cela lui manqua. Elle se souvint comme c'était doux et puissant, d'avoir des amis…

– Michel, veux-tu venir au tableau pour détailler les symptômes de la diarrhée à tes camarades ? proposa joyeusement Petite Loutre très très Évaporée.

Michel se crispa. Il ne pouvait rien lui refuser mais, franchement, il n'avait quasi jamais eu de diarrhée et ne savait pas du tout comment ça se manifestait. Cela dit, Babette le regardait avec une telle confiance… Elle lui souriait, et pas seulement avec ses lèvres, mais avec tout son visage ! Et son cœur aussi, sûrement.

Alors, guidé par son amour, le garçon attrapa discrètement Gina pour la placer dans sa trousse. Puis il se leva et rejoignit son institutrice.

Entre la gomme et le crayon de papier, sa mère ne put s'empêcher de lever les yeux au ciel. En vérité, cette Babelutte lui semblait tout autant farfeloufoque qu'elle. Et puis, elle n'était pas à l'aise, la queue si près du taille-crayon. Des images de mutilation effroyables lui venaient à l'esprit.

Dans un sursaut de panique, elle bondit hors de la trousse et se retrouva à découvert. Exposée à la vue de tous.

La première paire d'yeux à la voir fut malheureusement celle d'Alix, assise deux rangs derrière Michel.

Notre Grenadine ne le savait pas, mais une classe qui se respecte n'a pas seulement son vilain, son monsieur-je-sais-tout et son justicier/redresseur de torts/défenseur du bègue et du dyslexique. Elle a aussi sa Graine de Tueur en Série.

Alix était la Graine de Tueuse en Série des CM2. Pour preuve : elle était l'heureuse maman de treize tarentules, de deux tritons, d'un fouette-queue, d'un caméléon casqué du Yémen[11], d'une loutre, de quatre lézards à collier… Rhâ… je sais que j'en oublie un.

Attends. Ah oui ! Et d'un python vert arboricole baptisé « Petit Pois ». (Eh oui, on peut tout à fait être un redoutable prédateur à la somptueuse couleur émeraude, mesurer 1m80, être doté de fossettes thermosensibles et d'une queue préhensile, et s'appeler « Petit Pois ».)

Et devine ce que Petit Pois mangeait à chaque goûter ? Bingo : une SOURIS !

Aussi, inutile de te dire qu'Alix avait l'œil pour repérer ces petites créatures. Elle les attrapait si bien et si vite qu'on aurait pu penser qu'elle était elle-même

11 Tiens, devinette : quel est le pays le plus cool ? Le Yémen. Yeaaaah, men ! T'as compris ? Non ? Tant pis. (En plus, c'est faux : le Yémen est sûrement le pays le moins cool du cosmos. Mais ça fait la blague.)

un serpent déguisé en fillette sage. Rien ne laissait deviner son âme sauvage et perfide : ni ses cheveux noirs coupés au carré ni son regard bleu de Blanche-Neige timide.

Ainsi donc, la démoniaque Alix fit mine d'aller jeter un papier dans la corbeille et hop, d'un geste de pickpocket, elle saisit Gina par la queue, bien décidée à la rapporter à la maison pour l'offrir à Petit Pois.

Mais c'était compter sans Marie-Gaufrette qui, elle, avait l'œil pour repérer le crime tel un chien policier. Elle vit qu'Alix avait dérobé quelque chose, près de la trousse de Michel, et soupira. N'y avait-il que des malfrats dans cette école, nom d'un gendarme ?

– Alix, rends ce que tu as volé ! bâilla-t-elle, exténuée de devoir toujours faire régner la loi.

Alix lui adressa un sourire innocent.

– Écoute, souffla-t-elle d'une voix angélique, je voulais juste éviter que tout le monde panique : c'est une souris. Elle était là, devant la trousse de Michel. J'ai fait ce que j'ai cru être bon pour la communauté.

– Une SOURIS ?! cria Airelle, qui avait une phobie des animaux à queue, à poils, à plumes, à peau et à oreilles. Où ça ? Elle est où ? Elle est sur moi ? Elle est dans mes cheveux ? AU SECOURS, ELLE EST DANS MES CHEVEUX !!!

Alix leva les yeux au plafond et regarda Marie-Gaufrette d'un air de dire : « *Et voilà. T'es contente ?* »

L'annonce de la présence d'une souris envahisseuse de cheveux se répandit dans la classe plus vite qu'une diarrhée virale.

Même Babette Babelutte paniqua.

« Oh là là oh là là oh là là ! hurla-t-elle en pensée. *Comment je vais gérer ça ?!… Respire, Petite Loutre Évaporée, respire, j'ai dit ! Ouvre ton chakra racine, refuse la peur, matérialise du rouge. Voilà, c'est ça. Reconnecte-toi à ton animalité. Parle à la souris. Parle à la souris et invite-la à s'en aller dans la paix et la…* oOooh nan *je peux pas, c'est* trop déjueu ! »

Et dans le même temps, elle se donnait des petites claques pour s'obliger au calme. Non seulement ça ne marchait pas mais, en plus, ça lui donnait l'air très zinzin.

Michel s'arracha à la contemplation de sa beauté parfaite aux abois pour courir vers Alix.

À mi-parcours, il cria :

– Hé ! C'est ma souris ! Rends-la-moi !

– Qu'est ce qui le prouve ? lui demanda Alix très calmement.

– Q… quoi ?!

– Qu'est-ce qui prouve que c'est ta souris et pas une des dix-mille qui se promènent dans la ville ? précisa la Graine de Tueuse en Série.

– DIX-MILLE SOURIS SE PROMÈNENT DANS LA VILLE ?! cria Airelle, plus qu'épouvantée, mais personne ne lui répondit.

– Eh bien… Euh… C'est la mienne et c'est tout, c'est comme ça ! Je suis capable de reconnaître ma souris, quand même ! s'embrouilla Michel.

– Je ne suis pas convaincue. Désolée.

Et Alix regagna gracieusement sa place. Là, elle fouilla son cartable, en sortit sa boîte à goûter et la vida de son contenu (deux délicieux sablés au citron vert) pour y coincer Gina. Elle rabattit le couvercle d'un geste sec, plongeant la souricette dans un noir d'oubliettes, et rangea la boîte dans son sac.

Tu seras d'accord : Michel ne pouvait pas laisser faire pareille chose ! Personne n'accepterait de voir sa maman enfermée dans une boîte à goûter et livrée à l'estomac d'un python, n'est-ce pas ?

Oh ! Tu as hésité !

Passons. Notre héros avança donc vers Alix, déterminé et tout à fait prêt à user de Krav-maga si nécessaire. Derrière lui, Marie-Gaufrette arrivait en renfort. Moussa la suivait – sans conviction, mais bon, c'est ça la camaraderie.

Marteau, évidemment, surveillait les arrières d'Alix. Entre zinzins, on se serre les coudes.

– J'ai dit : rends-moi ma souris, articula Michel, le plus fermement possible.

– Et moi, je dis : prout-prout-prout ! se moqua Alix.

– Bon, tu ne me laisses pas le choix.

Il approcha Alix et, d'un geste sauvage et solide, lui ébouriffa les cheveux.

Il y eut un « OOOOOooh » général.

– Vous avez vu ce qu'il a fait ?!

– Il a décoiffé Alix !

– Ça se fait pas…

– Je suis choquée !

– La pauvre…

– Elle doit se sentir trop mal !

– Mais que fait la maîtresse ?!

(Ah oui, la maîtresse, que faisait-elle ? Eh bien, elle était assise en tailleur sur son bureau, en pleine méditation. Elle était trop occupée à aligner ses chakras pour s'occuper de ce crêpage de chignon. Enfin, de ce crêpage de coupe au carré.)

Alix, sous le choc, sentit monter en elle une colère froide de reptile constricteur. Elle s'apprêtait à se lever, soutenue moralement par le reste de la classe, lorsque Marie-Gaufrette intervint. En fait, notre justicière estimait que l'heure était venue de régler certains comptes.

– Airelle, dit-elle en se tournant vers la petite brune coiffée de deux tresses inégales, tu te souviens du jour où tu as trouvé une araignée dans ton sac de gym ?

– Oh oui…, blanchit la petite fille, encore traumatisée.

– Eh bien c'était une des tarentules d'Alix, qu'elle avait apportée en classe pour qu'elle se « dégourdisse les pattounettes ».

– Oooooh ! refit la classe en chœur.

Forte de cette première victoire, Marie-Gauffrette interpella une grande métisse en combinaison fleurie.

– Et toi, Hapsatou, quand t'as apporté ton lapin-bélier pour ton exposé et qu'il a « fugué » pendant que tu étais aux vécés… tu te rappelles à qui tu l'avais confié ?

– À Alix ! s'écria Hapsatou en se levant d'un bond.

– Oui, à Alix. Coïncidence ?

– Tu n'as aucune preuve de tout ça, dit tranquillement Alix en se repeignant avec ses doigts.

Marie-Gaufrette ne lui accorda pas un regard, mais harangua la classe entière :

– Et vous vous rappelez, quand on a fait cette expérience sur les têtards et qu'on devait chacun à notre tour les garder le week-end ? Chez qui sont-ils tragiquement décédés alors qu'ils se portaient à merveille ?

– Chez Alix !!! brailla Franz-Ferdinand, index pointé sur l'accusée.

– Exact ! Et savez-vous ce que les loutres adorent manger ?

– Des têtards ? suggéra Karima.

– Re-exact ! Et savez-vous qui a une loutre chez elle ?

– ALIX !!!!! s'écria à peu près tout le monde.

– Hé ! Je m'étais attaché à ces têtards, moi ! Y en a même un qui nageait vers moi quand je l'appelais ! On était liés ! sanglota tout à coup Piotr.

Je ne vais pas te mentir : c'était gênant.

Après un silence bien trop long et pesant, Marie-Gaufrette reprit :

– Tout ça pour dire : Alix, rends la souris à Michel.

– Hmmmm… Non. Mais merci pour cette petite pause dans l'exposé sur la diarrhée, c'était très divertissant.

Mais là, Michel décida qu'il en avait assez. Trêve de bavardage : il s'empara du cartable de l'accusée, l'ouvrit avec autorité et en sortit la boîte à goûter.

– Hé ! On fouille pas dans le sac des filles ! cria Marteau, qui avait étonnamment quelques principes.

– Théoriquement, on ne fouille dans le sac de personne, le corrigea Moussa. Tu savais que, parfois, c'est justement en essayant d'avoir un comportement respectueux envers les femmes qu'on fait preuve de sexisme ?

– Rhâ, la ferme, le débilos !

– Hé ! C'est le débilos qui me traite de débilos ?! s'enflamma Moussa, qui avait visiblement perdu le sens des réalités.

À partir de là, en toute honnêteté, je ne saurais te dire qui a donné la première claque. Ce ne fut bientôt que brouhaha, couettes tirées, coups de pied au tibia, doigts tordus, tresses défaites et coudes dans le nez. Tout le monde se battait.

Babette Babelutte, assise sur son bureau, faisait pendant ce temps un voyage cosmique absolument transcendant.

Au cœur de la bagarre générale, Michel et Alix se disputaient la boîte à goûter, chacun cramponné à une extrémité. Autour d'eux, les trousses servaient de gourdins et les chaises, de cages.

Mais soudain, Marie-Gaufrette parvint à se défaire de la meilleure copine d'Alix, Chi-Chi, qui lui faisait une clef de bras de compète. Dans son élan, elle prit une gomme et l'envoya en plein milieu du front de la tueuse de têtards. BIIIIM !

Alix n'eut pas du tout mal, mais cela la déconcentra juste assez pour qu'elle relâche sa prise sur la boîte à goûter. Michel en profita pour la récupérer.

– Cours, Michel, couuuuuurs ! lui hurla Moussa, la tempe collée sur une table, sous la pression de Marteau qui lui dessinait un zizi sur la joue gauche.

Michel avait atteint le premier rang lorsqu'il se prit les pieds dans la bretelle d'un sac posé là. Il s'étala, son menton heurtant douloureusement le linoléum plutôt mou quand même. Et dans sa chute, il fit valdinguer la boîte à goûter, qui s'ouvrit et libéra Gina.

Enfin ! Elle commençait à étouffer, là-dedans ! (Même si, bon, l'odeur de beurre et de citron vert était très affriolante.)

– Ça va, Michéridamour ? Tu t'es fait mal ? s'inquiéta-t-elle immédiatement.

– Ça va, Maman ? Tu es blessée ? s'inquiéta aussitôt Michel, qui ne comprenait rien aux couinements de sa mère à cette distance.

– Tu appelles ta souris « Maman » et c'est moi la Graine de Tueuse en Série ?! demanda Alix, qui les avait rejoints.

Puis elle s'agenouilla devant Gina.

– Allez, viens là, toi !

Elle la regardait droit dans les yeux.

Gina resta immobile, évidemment. Elle n'allait pas obéir à cette dingue qui… Oh… Snif… Sniiiiiiiif… d'où venait ce délicieux parfum de beurre et de citron vert très affriolant ?

Han ! Un biscuiiiiiit !!!

Elle courut vers la main tendue d'Alix, sur laquelle le sablé gourmand trônait comme un petit roi fourbe.

– NON ! C'EST UN PIÈGE ! hurla Michel. MAMAN, SECOUE-TOI !

Mais Gina était une souris. Son cerveau humain disparaissait sous son instinct de rongeur. Et Michel la voyait courir vers la mort, les moustaches joyeuses et la mine gourmande.

Alors il fit ce que tout bon fils aurait fait en pareille situation : il chipa le biscuit à Alix et le mangea.

La maléfique fillette rugit : « Noooooon ! » et Gina stoppa net.

Michel lui cria :

– VA-T'EN D'ICI, MAMAN ! ON SE RETROUVE À LA MAISON !

8

Tohu-bohu, charivari et brouhaha

Gina devait bien se l'avouer : elle semait des catastrophes partout où elle passait ! Affolée, elle fuyait l'école à grand galop de souris.

Pour le trajet de retour, afin d'éviter tentations gustatives et ennuis de tous poils, elle choisit de voyager par les égouts. Elle croyait, comme tous ceux qui n'ont jamais fait un tour là-dessous, qu'elle n'y ferait aucune mauvaise rencontre…

Les sages paroles de l'écureuil étaient déjà oubliées, semble-t-il.

« LE DANGER EST PARTOUT », l'avait-il pourtant avertie. Il n'avait pas précisé : « sauf sous terre », tu noteras.

Voilà donc notre Gina sautant du trottoir dans le caniveau.

« *Argggh, ça mouille !* » s'aperçut-elle avant de se secouer, inutilement, les pattes. Elle trotta jusqu'à la première grille d'évacuation et s'y engouffra sans hésitation. L'odeur putride l'attirait follement. L'obscurité ne la gênait pas : elle poursuivit son chemin, à petits pas rapides, avec assurance.

Soudain, elle sentit la présence de quelqu'un. Un autre animal. Plus gros qu'elle. Juché sur un tuyau, il se laissa tomber au sol, lui barrant le chemin.

C'était un rat. Un gros rat noir sale et laid. Ses oreilles étaient grignotées par endroits, son pelage clairsemé et son museau lardé de cicatrices. C'était vraisemblablement un rat loubard. Bref : pas le genre de spécimen qu'on a envie de rencontrer dans un souterrain sombre lorsqu'on est une petite souris.

– Hé ! Bonjour, Mademoiselle ! Vous êtes bien charmante ! fit-il, sûr de lui.

– M… merci…, répondit Gina, apeurée.

– Ça vous dirait d'aller boire un peu d'eau croupie avec moi ? Je connais un endroit où on peut trouver des morceaux de pizza quatre-fromages bien secs…

– Euh, je… Non, merci : là tout de suite, je dois vraiment rentrer – mais un de ces jours, pourquoi pas, hein ! tenta de se dépatouiller la souricette.

Le rat, vexé, changea de ton :

– Sérieux, tu te prends pour qui ?! Qu'est-ce qu'y a, je te plais pas ? Tu crois que tu vaux mieux que moi ? Moi je suis un rat, moi ! Je peux jouer au chat avec toi, et te casser les pattes arrière ! s'énerva le mâle en approchant plus, toujours plus.

– Je n'ai pas peur de vous ! affirma Gina, terrorisée.

– Ah ouais ?! Bah, tu devrais !

Le rat était si près de la souris, à présent, qu'elle pouvait flairer son haleine de betterave pourrie. Elle ne put s'empêcher de trembler de toutes ses moustaches.

Mais tout à coup, une voix autoritaire et énergique s'éleva au fond du tunnel :

– Allez, allez, Sarah, Stella, Sophie, Simon, Samson, Salim, Salomon, Silas, Salvador, Sylvestre, Samir, Stanislas, Stuart, Santiago, Stéphanie, Séverin, Sekou, Scott, Sally, Séraphin, Spencer, Solenne, Sergei, Sergio, Steeve, Servane, Sidi, Suraj, Sacha, Samuel, Sabine, Sandrine, Sidonie, Siegfried, Sylvain, Sandra, Sébastien… dépêchez-vous, Maman doit rentrer accoucher !

Gina pria pour que ce ne soit pas une bande de martres ou de fouines, ou n'importe quelle bestiole dont elle serait le péché mignon. Mais à son grand soulagement, elle vit sortir de l'ombre une souris… enceinte jusqu'aux yeux.

Elle était suivie de près par trente-sept souriceaux qui trottinaient sagement derrière elle, en file ordonnée.

La mère souris découvrit Gina et le rat, et comprit en un instant ce qui se jouait là. Comme toutes les souris du monde, elle avait déjà été harcelée par des rats, de trop nombreuses fois. Elle soupira intérieurement puis, d'un pas assuré, rejoignit Gina.

– Coucou, toi ! Ça fait longtemps, t'étais passée où ?! Il faut absolument que je te raconte ce que Sidonie a fait à Santiago, hier soir : c'était à crotter de rire ! Alors je t'explique, on était tous en train de regarder les blés, posés, au calme, et là, elle…

Tout ce que le rat entendit fut : « blablablabla-blaaaaaa-blabla-bloubliblabla. » Il en eut aussitôt mal à la tête. Tant pis pour son envie de souris. « *Plutôt crever que de rester là à écouter ces histoires assommantes de femelles !* » Il partit, la queue entre les jambes, sans demander son reste.

Gina put enfin retrouver son calme. Elle était follement reconnaissante à cette inconnue qui venait de lui sauver la vie.

– Merci, je vous suis follement reconnaissante : vous m'avez sauvé la vie ! s'exclama-t-elle.

– Oh, je vous en prie. Entre femelles, il faut s'entraider, hein ! Bon, en revanche, je ne m'attarde pas pour papoter : je dois rentrer mettre bas.

– Maintenant, tout de suite ?! répéta Gina, surprise.

– Eh oui ! Ça va me prendre une grosse heure, quand même, et je préfère ne pas le faire ici... C'est ma quatrième portée de l'année, alors je m'accorde un peu de confort !

– Votre quatrième portée de l'année ?! Vous voulez dire que vous avez eu tous ceux-là ces derniers mois ?! Votre charge mentale doit être énooorme !!

– Ma quoi ? demanda l'inconnue.

– Votre charge mentale ! C'est le poids psychologique qui repose sur les femmes... enfin, les femelles, vu qu'elles doivent gérer le quotidien, la maison, les enfants... Le stress de la vie ordinaire, quoi ! expliqua Gina.

– Ah, ça, c'est sûr que c'est pas évident tous les jours. Mais bon, je suis une souris. Je suis faite pour exécuter le **Grand Plan** : avoir des bébés, qui feront des bébés, lesquels envahiront le Monde, répandront des parasites et des maladies, contamineront les sources d'eau potable et extermineront la race humaine afin d'entrer dans la dernière ère : **l'Âge des Rongeurs** !

Il y eut un bref moment de malaise, juste là.

– Q… Quoi ? s'épouvanta Gina.

La souris tapota son ventre rebondi et couina de rire.

– Je plaisante ! Tu verrais ta tête ! Sans rigoler : tu voudrais que je fasse quoi d'autre que des bébés ? Monter dans un avion en première classe, me faire servir des noix de cajou et me dorer la queue dans les îles Sandwich-au-Fromage ? Allons allons, je suis une souris. Je vis ma vie de souris !

– Bien sûr…, souffla Gina.

– Bon, je file ! J'ai huit petits à faire sortir de là ! reprit la mère de famille nombreuse en désignant ce que nous appellerons pudiquement « la porte à bébés ». Allez, allez, Sarah, Stella, Sophie, Simon, Samson, Salim, Salomon, Silas, Salvador, Sylvestre, Samir, Stanislas, Stuart, Santiago, Stéphanie, Séverin, Sekou, Scott, Sally, Séraphin, Spencer, Solenne, Sergei, Sergio, Steeve, Servane, Sidi, Suraj, Sacha, Samuel, Sabine, Sandrine, Sidonie, Siegfried, Sylvain, Sandra, Sébastien, on ne perd pas le rythme !

– M'man, y a Séverin qui s'accroche à ma queue ! rapporta Sarah.

– C'est même pas vrai ! C'est elle qui met son popotin sur mon museau ! se plaignit Séverin.

– Maman, y a Simon qui tousse ! geignit Sabine.

– C'est son asthme qui reprend… On ralentit un peu pour Simon ! ordonna leur mère.

– **Pfffff !** râla la moitié des souriceaux.

– **Ouaiiiis !** jubila l'autre moitié.

Gina les regarda passer devant elle, les uns après les autres, bouche bée. Puis, songeant qu'elle se retrouvait à nouveau seule dans un endroit dangereux, elle repartit. Elle s'obligea à ne pas s'arrêter de-ci de-là pour humer un reste de kebab ou quelque papier gras.

Elle tâchait de suivre le chemin qu'elle aurait pris à la surface. Tout droit, à gauche, encore tout droit, à gauche à nouveau, puis à droite et pouf, elle devait être au début de l'impasse de la Poule-Qui-N'a-Qu'une-Patte.

Elle grimpa le long du mur, passa son museau à travers la grille la plus proche et renifla l'air. Cette odeur lui était familière…

Voyons voir : colle à dentier, lavande et raviolis en boîte froids… Mais bien sûr ! Elle était devant le numéro 9 ! C'était le parfum de Dulcinée Piépla.

Gina émergea sur le trottoir, ravie d'être bientôt chez elle.

Mais elle n'eut pas le temps de faire trois pas que quelque chose l'aplatit sur le goudron.

– Comme on se retrouve..., feula le chat, truffe contre l'oreille de Gina. « *Une souris gri-seuh qui courait dans la ru-euh, je l'attrape par la queue, je la montre à ces messieurs ! Ces messieurs me di-sent : bouffe-la, Mort-aux-rats !* »

« *Oh non ! Pas encore ! Pas si près du but !* » pensa la souris, exténuée.

Elle allait renoncer. Se laisser manger, ici, maintenant. À quoi bon lutter ? Elle n'en avait plus la force, elle était épuisée. Si elle avait su que la vie de souris était si éreintante et fragile, jamais elle n'aurait émis le souhait d'en devenir une.

– *Cléopâtre ? Cléopâââââtre !* Viens me voir ! cria une voix de vieille dame, derrière la haie du numéro 9.

Dulcinée !

Mort-aux-rats renifla avec mépris. Rien à faire, il ne s'habituait pas à ce nom ridicule. Gina l'avait peut-être fait castrer par cet ignoble docteur aux mains caoutchouteuses, mais il restait un mâle, bon sang ! Il s'immobilisa, le temps de voir si la vieille dame venait le chercher ou pas.

– Maman, ce n'est pas ton chat… Tu le sais, rassure-moi ? demanda un homme.

– Et si ça me plaît, à moi, de le penser, ça dérange qui ? Ce n'est pas mon chat, mais Cléopâtre est avec moi une semaine sur deux. Alors que toi, qui es vraiment mon fils, tu ne viens déjeuner qu'une fois par mois ! répliqua la vieille dame.

– Tu sais que j'ai beaucoup de…

– Beaucoup de travail, oui, je sais, Beubeu.

– Arrête de m'appeler « Beubeu », j'ai horreur de ça !! râla Beubeu (pardon : râla *Benoît*).

– Tu as eu le temps de passer prendre ma crème pour les pieds à la pharmacie, quand même ?

– Ah oui, je l'ai laissée dans la voiture ! Je vais te la chercher !

Et Gina, museau contre terre, entendit les pas lourds de Beubeu faire croustiller le gravier de l'allée.

Il venait vers eux !

Mort-aux-rats le savait et hésitait. Que faire ? Achever la souris de suite ? Où était le plaisir ?!

De plus, la peur que lui inspirait cet humain l'empêchait d'agir.

Gina se prit à espérer. Mais combien de chances y avait-il pour que le fameux Benoît soit un amoureux des souris ?

Malheureusement, la réponse à cette question était : zéro.

Lorsque Beubeu tomba nez à moustaches avec Mort-aux-rats et qu'il aperçut la petite Gina entre ses pattes, il chassa certes le félin d'un revers de main… mais, tout de suite après, il s'empara de la souris. Et pas de la plus délicate des manières : il l'attrapa par le bout de la queue.

Il la hissa jusqu'à son visage et fronça les sourcils en la regardant tournoyer comme un pendule. Ses yeux fouineurs grossis par le verre épais de ses lunettes angoissaient Gina : qu'allait-il lui faire ?!

– Hmmm… ça tombe bien, ça, dit-il pour lui-même.

– Quoi ? Qu'est-ce que tu marmonnes ? demanda sa mère.

– Rien, j'arrive ! s'agaça-t-il comme un petit garçon.

Il alla jusqu'à sa voiture chercher la pommade de sa mère, tenant toujours Gina telle une clef pendue à un trousseau. Elle avait sérieusement le tournis et une légère envie de vomir, à rester comme ça, la tête en bas.

Dès que Benoît fut de retour au numéro 9, il fouilla la poubelle de la cuisine et y récupéra un pot de cancoillotte vide. Il jeta Gina dedans sans plus de cérémonie. Il abattit le couvercle au-dessus de sa tête et **TCHIC, TCHIC, TCHIC**, le perça de la pointe d'un couteau pour qu'elle puisse respirer. Cela partait d'une bonne intention sans doute, mais la souris en fut si effrayée qu'elle fit quatre nouvelles petites crottes.

C'était décidément une très, trèèès mauvaise journée, se dit Gina en donnant un coup de patte dans un de ses cacas.

– À table, Beubeu ! appela Dulcinée. J'espère que tu as faim : j'ai fait de la choucroute !

En parlant de choucroute, Michel pédalait encore dans la sienne.

Lorsque Babette Babelutte eut achevé son voyage astral, réintégrant son corps et, accessoirement, sa salle de classe, elle découvrit un sérieux bazar.

Tout était sens dessus dessous, à commencer par les enfants. Leurs vêtements étaient déchirés par-ci, tachés d'encre par-là. Ils se battaient sur un tapis de livres et de cahiers, entre les tables renversées et les chaises retournées.

Marteau s'efforçait de maintenir Michel au sol tout en lui enfonçant la corbeille à papier sur la tête. Alix s'était assise sur le buste de Marie-Gaufrette et badigeonnait ses sourcils avec un bâton de colle. Cette dernière se débattait comme une belle diablesse, remuant ses jambes en l'air telle une tortue coincée sur le dos, mais cette Graine de Tueuse en Série avait une force de bûcheron !

Moussa, quant à lui, était recroquevillé derrière le vieux planisphère géant, au fond de la classe. Le trouillomètre à 1 000, il faisait trembler l'Australie. Mains plaquées sur les oreilles, il énumérait les variétés de courges qu'il connaissait pour fuir la réalité un poil trop violente :

– Courge, courgette, citrouille, butternut, giraumon, galeuse d'Eysines, Jack Be, musquée de Provence,

pâtisson, potimarron, potiron, courge spaghetti, courge bleue de Hongrie, sucrine du Berry…

Il interrompit sa liste car, sans doute pour la toute première fois de sa vie, Babette Babelutte *cria* :

– Mais qu'est-ce que c'est que ce tohu-bohu ?! Je n'ai jamais entendu un tel charivari !! Arrêtez tout de suite ce brouhaha, les enfants ! Sans quoi, j'annule la visite de l'usine de la bretelle jeudi prochain, ZOUUUUP !

À « ZOUUUUP », elle fit glisser son index sous son nez.

Michel, la tête dans la poubelle, eut un sourire rêveur. Tohu-bohu, charivari, brouhaha… Ça ressemblait aux paroles d'une chanson exotique et douce. Il s'imagina Mademoiselle Babelutte en vahiné, ondulant doucement au rythme des vagues turquoise, sous un so…

– Regagnez vos places ! Non mais regardez-vous ! Je suis DÉÇUEDÉÇUEDÉÇUEDÉÇUE !

Les enfants, honteux, baissèrent les yeux. C'est vrai qu'ils avaient été plutôt nuls. Ils redressèrent tables et chaises, ramassèrent cahiers et livres épars dans un silence lourd.

Tous reprirent leur place, calmement.

Sauf un.

– Où est Moussa ? Quelqu'un a vu Moussa ? s'affola aussitôt Babette.

– Je suis là…, souffla la petite voix du garçon, qui sortit lentement de sa cachette.

Il avança à pas timides, dévoilant son visage tagué d'un zizi et de l'inscription suivante :

« MOUSSA A UN ZIZI LOUKOUM »

Mademoiselle Babelutte plaqua ses dix doigts sur sa bouche en o. Puis elle gronda :

– Ça, c'est la goutte d'eau qui fait déborder la rivière de Petite Loutre Évaporée.

9

En cours de test

Petite Loutre Plus-Si-Évaporée-Que-Ça demanda qui avait commis sur la personne de Moussa cet acte odieux, humiliant et passablement raciste.

Marteau ne se dénonça évidemment pas ; il fallut donc que l'ensemble des élèves le désigne du doigt en criant un « Luiiiiii ! » collectif. Ce beau moment de cohésion raviva la foi de Mademoiselle Babelutte en ses élèves : tout n'était peut-être pas fichu.

Elle s'apprêtait à inventer la punition la plus redoutable et effrayante du système solaire pour Marteau lorsqu'elle remarqua que le visage de Michel se couvrait progressivement de minuscules boutons mauves.

– Michel, ton visage se couvre progressivement de minuscules boutons mauves. As-tu mangé quelque chose de spécial, aujourd'hui ?

– Euh non, Mademoiselle !

– Mais… ta peau a-t-elle été en contact avec une matière douteuse ? questionna-t-elle encore, tandis que les boutons devenaient des taches, puis des flaques.

– Euh, à part avec le sac-poubelle de la corbeille, je ne vois pas…, répondit Michel en haussant les épaules. J'ai eu-lement u allerie crès pui-ante[12] aux noyaux e litchi, ajouta-t-il, remarquant à cette occasion que sa langue grossissait.

– Ciel ! J'achète toutes mes fournitures dans

12 « J'ai seulement une allergie très puissante aux noyaux de litchi. »

une supérette bio et ils recyclent justement les noyaux de litchi pour en faire des sacs poubelle ! Vite ! File chez l'infirmière ! Moussa, Marie-Gaufrette, accompagnez votre petit camarade – et profitez-en pour régler vos soucis de sourcils collés et de zizi loukoum !

Michel n'eut pas le temps de dire : « Mais qu'est-ce que vous faites avec cette grosse seringue, Madame ? » que Philomène Normacol, l'infirmière, lui avait déjà planté l'aiguille dans la cuisse. À travers son pantalon (ce qui était plutôt bienvenu car, ce jour-là, le jeune Grenadine portait un slip à tête de poussin).

L'injection d'adrénaline faisant effet, il put se détendre en regardant Madame Normacol essayer de faire partir la colle du visage de Marie-Gaufrette. Elle testa toutes sortes de produits, y compris le détergent pour nettoyer l'argenterie, mais rien n'y fit. Et lorsqu'elle voulut rincer les sourcils avec un gant de toilette, il resta englué dans les poils. Et lorsqu'elle voulut désengluer le gant, eh bien, elle arracha d'un coup sec le sourcil droit de Marie-Gaufrette. En entier. **SCRATCH**.

– La tuile, marmonna Philomène.

– Mais… qu'est-ce que je vais faire, moi ? gémit Marie-Gaufrette.

Elle avait beau ne pas être superficielle, avec un seul sourcil, elle ressemblait à pas grand-chose.

– À part égaliser en arrachant le second, il n'y a rien à faire, je crois.

Marie-Gaufrette tenta de protester :

– Non, ne faites pas ç…

Mais **SCRATCH**, Philomène venait de lui arracher le second sourcil.

Soyons honnête : sans ces deux bandes de poils, Marie-Gaufrette n'avait plus l'air humaine. Elle avait le regard froid et étrange d'un python vert arboricole. Ainsi, quand elle se découvrit dans le miroir placé au-dessus du petit lavabo dans lequel des mouches agonisaient, elle envia sincèrement leur sort. Elle se mit à pleurer, ce qui la rendait encore plus insupportable à regarder.

– Eh oui, bah oui… Allez, viens, je vais t'arranger ça ! lança l'infirmière.

Elle farfouilla dans un tiroir rempli de trombones et de bonbons pour la toux collés de poussière et dénicha un marqueur rouge.

« Boh, ça fera bien l'affaire, va ! » pensa-t-elle.

Elle se rua sur Marie-Gaufrette, l'immobilisa de ses doigts d'araignée et lui dessina les pires sourcils imaginables.

– Ils ne sont même pas symétriques ! s'exclama Michel, atterré par la scène.

– C'est clair : l'œil droit a l'air surpris et le gauche, fâché… Ça ne va pas du tout ! ajouta Moussa. Vous savez qu'en Asie, la beauté est synonyme de symétrie ?

Madame Normacol leva les yeux au ciel.

– Il y a des enfants qui meurent de faim dans le monde. Et ils ont tous des sourcils. Est-ce que ça remplit leur estomac ? Je ne crois pas. Allez, Moussa, à ton tour : occupons-nous de ce zizi !

Moussa bondit de son tabouret : son instinct lui ordonnait de fuir. Il recula jusqu'à ce que son dos bute contre la porte de l'infirmerie.

– Ça va aller, c'est rien du tout, je vais m'habituer. Pas la peine de me frotter la joue à la râpe à fromage ou de me doucher à l'eau de Javel ! Vous saviez que, dans les tribus australes, on se tatoue le visage pour marquer le passage à l'âge adulte ? Eh bien, je me sens déjà un peu plus mûr, grâce à cette expérience…, bredouilla-t-il tout en cherchant la poignée.

Qu'il trouva. Et il s'enfuit aussitôt dans le couloir, talonné par Marie-Gaufrette et Michel.

Philomène ne fit aucune tentative pour les rattraper. Elle grogna et se rassit lourdement derrière son bureau. Ensuite, elle sortit de son sac à main en raphia une revue sur les poissons d'aquarium et s'y plongea (dans la revue, pas dans l'aquarium).

Nos trois héros bizarroïdes ne cessèrent de courir que lorsqu'ils furent sous le préau. Que faire à présent ? se demandaient-ils tous silencieusement. Ils s'assirent sur les marches, pensifs.

– Je ne pourrai *jamais* retourner en classe, déclara Marie-Gaufrette. Enfin, pas avant que mes sourcils n'aient repoussé…

– Je ne pourrai *jamais* retourner à la maison avec ça sur la joue, dit Moussa. Ma mère va piquer une de ces crises…

– Il *faut* que je rentre chez moi : la souris, c'est ma mère. Elle a pleuré dans un reste de confiture hier soir en faisant le vœu de devenir une petite souris pour rester avec moi à jamais, et ça a malheureusement marché – maintenant, je dois la rejoindre et trouver un moyen de l'aider à redevenir elle-même ! résuma Michel d'une traite, pour ne pas être interrompu.

– Hein ?! demanda Marie-Gaufrette, en fronçant les… (Non, rien.)

– Sa mère est une souris ; hier, c'était une banane mais maintenant c'est une souris, résuma encore plus Moussa.

Et pour une fois, il ne trouva rien à ajouter.

– Voilà, dit Michel. C'est à cause d'une prophétie de Nostradamus.

– Ah, là, je comprends tout de suite mieux ! s'écria Marie-Gaufrette.

– C'est vrai ? s'étonna Moussa, qui ne comprenait pas toujours l'humour de sa camarade.

– Bah non, zizi loukoum ! s'agaça la fille-sans-sourcils.

Ils soupirèrent en chœur, fixant l'horizon.

Enfin, quand je dis « horizon », je pense « portail arc-en-ciel ».

– Et pourquoi on te croirait ? demanda Marie-Gaufrette. On te connaît depuis même pas deux jours ! Si ça se trouve, t'es un mythomane ou un dangereux psychopathe échappé d'une prison à haute sécurité !

– Vous saviez que jusqu'à sept ans, l'enfant ment uniquement par plaisir ? intervint Moussa. Au-delà de cet âge, si le mensonge persiste de façon quotidienne, c'est le signe d'un manque de confiance en soi...

Michel inspira profondément. Il ne se souvenait pas d'avoir jamais menti. Il n'en avait pas besoin, avec Gina.

– Je ne me souviens pas d'avoir jamais menti. Vous pouvez ne pas me croire, mais moi, j'y vais. Et peut-être que vous passerez à côté de l'aventure la plus folle de votre vie. On a dix ans, les amis. Si on ne croit pas en la magie maintenant, on n'y croira jamais plus.

Marie-Gaufrette et Moussa croyaient-ils encore à la magie ? Après avoir vu ses parents divorcer et se disputer pour savoir qui aurait la garde de la super machine à café, Marie-Gaufrette était tentée de répondre non. Moussa, quant à lui, ne savait pas trop : il ne s'était pas tellement documenté sur le sujet.

N'empêche que Michel s'attendait à une réaction plus enthousiaste. Il était beau, son petit discours, tout de même ! Pffff…

– Bon, vous venez avec moi ou pas ? Votre aide ne serait pas de refus.

– Je suis nul en aide, balbutia Moussa, plutôt lucide.

– Et en soutien moral, t'es comment ?

– Là, il est bon ! sourit Marie-Gaufrette. Et moi aussi.

Seulement, Moussa hésitait encore :

– Désolé, mais je dois retourner en classe ! Vous saviez que le décrochage scolaire dès le cours moyen est le premier barreau sur l'échelle du grand banditisme ?

Michel et Marie-Gaufrette se regardèrent. D'un commun accord, ils hochèrent la tête et se levèrent. Puis ils quittèrent le préau d'un pas décidé. Sans lui.

Les fesses engourdies sur la pierre, Moussa réfléchissait, froissant et pliant ses méninges en douze. Au bout de huit secondes, il chouina :

– C'est bon, je viens aussi ! Hé ! Attendez-moi !

Le trajet du retour fut court et silencieux. Mais Michel trouva tout de même qu'il était agréable de ne plus être seul.

Nos trois compères furent presque surpris d'arriver aussi vite devant la petite maison rose et biscornue.

– Wouah ! Ta baraque est tellement penchée qu'on dirait qu'elle fait du yoga ! remarqua Marie-Gaufrette.

– C'est exactement ça…, sourit Michel.

Il venait d'extirper la clef d'une grenouille en céramique quand tous entendirent :

– *Michel ! Micheeeeeel !*

Les mains alourdies par un tupperware orange de belle taille, Dulcinée Piépla remontait l'allée en trottant dans sa robe-tablier.

– Oh, bonjour, Madame Piépla ! Comment allez-vous ?

– Je vais très bien : mon fils est venu déjeuner avec moi, ce midi ! J'étais bien contente. Il n'a jamais le temps parce qu'il a beauc…

– Beaucoup de travail, oui, je sais bien, Madame Piépla, compatit Michel (vite fait).

– Bref: j'ai fait beaucoup trop de choucroute, alors j'ai pensé que ça vous ferait votre diner, à ta maman et à toi.

– Super, j'adore ça! dit rapidement Michel pour se débarrasser de l'intruse.

– Vous saviez que la choucroute est un véritable baume pour la flore intestinale et le tube digestif? demanda Moussa, en gardant une main plaquée sur sa joue graffitée.

– Ça ne m'étonne pas! Tu en veux aussi? proposa la vieille dame.

Et elle souleva le couvercle de sa boîte, laissant échapper une odeur presque sauvage. Moussa recula comme si le fumet lui avait mordu le nez.

– Non merci, Madame, je ne peux pas manger de porc.

– Rhâ, quel dommage! dit la mémé. Les allergies, de nos jours, c'est terrible.

– C'est pas une allergie: il est musulman, précisa Marie-Gaufrette.

– Oh, mais quels drôles de sourcils tu as, toi ! sursauta Dulcinée.

–Accident de colle, expliqua sobrement Michel.

La grand-mère regarda les enfants avec tristesse, puis elle leur caressa les cheveux. Et leur pinça les joues. Et comme elle était lancée, elle leur tira doucement les lobes d'oreille en gloussant. C'était long. Et gênant.

Michel mit fin au supplice en attrapant la boîte.

– Merci encore, Madame Piépla. On va se régaler.

– Ah, je suis si contente ! Parce que mon Beubeu, lui, il n'a pas voulu en prendre. Tu te rends compte ? Il a préféré emporter une souris !

Le cœur de Michel tambourina plus fort, tout à coup. Se pouvait-il que…

– Une souris ? Comment ça, une souris ?! Elle ressemblait à quoi ? Elle parlait quand vous la mettiez près de l'oreille ? mitrailla-t-il, en apnée.

Dulcinée réfléchit et fronça les sourcils, ce qui ajouta quelques stries à son front de momie.

– Ma foi, c'était une souris grise tout à fait ordinaire. Elle a déposé quatre petites crottes au fond de mon pot de cancoillotte…

– Quatre ? Vous avez dit *quatre* petites crottes ? insista le jeune Grenadine.

Quatre petites crottes : la signature de Gina. Elle avait voulu lui laisser un dernier indice pour qu'il remonte sa piste. (Ou alors, elle avait toujours des difficultés à contrôler son nouveau sphincter…)

– Oui, quatre. J'en suis sûre parce que j'ai conseillé à mon fils de se débarrasser de cette saleté avant qu'elle lui donne des maladies ou je ne sais quoi. Il a dit de ne pas m'inquiéter, qu'il l'emportait à son travail et que là-bas, au moins, elle serait utile !

– Et, euh… il fait quoi comme travail, votre fils ? demanda Marie-Gaufrette, prenant le relais d'un Michel de plus en plus pâle.

– Oh, il est chercheur pour le groupe pharmaceutique Loche ! frima la veuve Piépla.

– Chercheur dans un labo ? se mêla Moussa. Et… euh… vous savez sur quoi il travaille, en ce moment ?

Dulcinée se concentra pour répéter ce que son Beubeu de fils lui avait expliqué :

– Sur un vaporisateur dépilatoire ré-vo-lu-tionnaire ! Apparemment, il suffit d'un « pschittt » pour que tous les poils tombent ! Sans douleur, sans rien du tout. Mais bon, chut-chut, c'est encore en cours de test ! chut-chuta Dulcinée, un doigt tordu sur sa bouche ridée.

En cours de test.

En cours de test ?

EN COURS DE TEST !?

– Et... il le teste sur quoi, son vaporisateur révolutionnaire ? demanda Michel, fébrile.

– Eh bien, sur les souris, pardi ! Mais attention, il les traite bien. Comme le spray qui leur ôte leur pelage les brûle parfois jusqu'à l'os, il prend soin de les endormir, avant.

– Et après ? s'inquiéta Marie-Gaufrette.

– Après ? C'est ça qui est beau : quand il en a terminé avec elles, il les offre à Reptiland. Et ainsi, on respecte le Cycle de la Vie, la Nature, la chaîne alimentaire. On boucle la boucle ! C'est formidable, hein ? Hein ?

10

Opération Loche

Le deuxième « hein ? » frappa Michel comme un coup de massue. Il tomba évanoui sur le pas de la porte d'entrée.

Aussitôt, Marie-Gaufrette et Moussa lui saisirent chacun un bras pour le traîner dans la maison tandis que la vieille Piépla déverrouillait la porte.

Alors qu'elle laissait passer les enfants, elle découvrit la joue de Moussa. Elle ouvrit tant les yeux que ses globes oculaires faillirent glisser hors de leurs orbites.

– Oh là là, petit musulman, tu as quelque chose de dessiné, là, sur la joue… Une fusée, je crois…

– Il s'appelle Moussa, et c'est… pas… une fusée, ahana Marie-Gaufrette.

– Et surtout, c'est pas le problème le plus urgent ! grogna Moussa.

Les secouristes de fortune tirèrent leur camarade jusque dans le salon. Ils ne parvinrent pas à le hisser sur le canapé et le laissèrent donc sur le tapis pelucheux en forme de phoque.

– Michel ? Michel ! Réveille-toi ! C'est pas le moment de faire la sieste ! cria Marie-Gaufrette, penché sur le jeune Grenadine.

– Je crois qu'il faut lui surélever les jambes pour que le sang remonte dans le haut du corps et irrigue le cerveau, dit Moussa.

Il n'attendit pas l'approbation de sa copine pour pousser un pouf marocain qui sentait les sabots de chèvre sous les genoux de Michel.

Ils attendirent une ou deux minutes, soufflant leurs haleines sucrées et chaudes sur lui, tels le bœuf et l'âne gris du petit Jésus.

Cela dit, rien ne se passa : notre héros était toujours inconscient.

– Bon, poussez-vous, jeunes gens !

Dulcinée Piépla perdait patience ; elle avait une pâte à brioche à dégazer et des rosiers à tailler. Elle retroussa ses manches et ôta ses bagues.

Moussa et Marie-Gaufrette se regardèrent sans comprendre. Ils espéraient surtout qu'elle n'allait pas lui faire un bouche-à-bouche. Ce serait vraiment… **beuuuurk**.

Mais non. La gentille mémé se pencha, leva le bras et gifla puissamment Michel. Ce qui était certes choquant, mais efficace : il ouvrit les yeux sans tarder et se mit à pousser des cris de marcassin traqué.

– Voilà. Bon, je vous laisse jouer, les enfants ! Michel, je pose la choucroute sur la table de la cuisine en partant ! dit Dulcinée, s'éloignant déjà.

« *Cette vieille dame est toquée !* » pensa Marie-Gaufrette.

« *Cette vieille dame frappe sûrement plus fort que moi…* », pensa Moussa.

« *Maman ! Où est ma maman ?* » pensa Michel, avant de hurler :

– Maman ! Où est ma maman ?

Marie-Gaufrette grimaça malgré elle. C'est toujours embêtant d'avoir à rappeler à quelqu'un que sa mère a sans doute été dépecée vivante puis jetée aux serpents.

Moussa lui fit un petit signe, toussota dans son poing et trouva les mots adéquats :

– Je vais te chercher un peu d'eau, ça te fera du bien. Tu savais que s'il te manque ne serait-ce que 15 % de ton stock hydrique, tu meurs ?

Sans attendre une réaction de la part de Michel, il fila dans la cuisine.

« *Merci Mouss', super courageux, comme d'hab' !* » râla mentalement Marie-Gaufrette. Elle ouvrit la fenêtre pour faire entrer un peu d'air frais. Après avoir respiré un bon coup en regardant le jardin, elle se tourna vers Michel.

– Bon, mon vieux, il va falloir que tu maîtrises tes émotions. Ta maman est en ce moment même au laboratoire Loche, tu te souviens ? On doit la sortir de là. Au plus vite.

– Mais… mais je sais même pas où c'est ! s'agita Michel.

– Moi, si. Je prends des cours de blul juste en face.

– De blurp ?

– De blul ! C'est une flûte arménienne. Regarde, je l'ai toujours sur moi, poursuivit Marie-Gaufrette en inclinant la tête pour montrer de l'index le bâton niché dans son chignon.

– Oh, cool ! Mais t'es arménienne, alors ?

– Nan. Le deuxième mari de ma mère l'était. Et puis ils ont divorcé. Ma mère divorce pas mal.

Wahou ! Décidément, Michel trouvait la vie des autres vraiment épatante. Parler avec Marie-Gaufrette, c'était au moins aussi chouette que lire un livre.

Celle-ci, se sentant dévisagée, changea de sujet.

– Mais changeons de sujet : le laboratoire Loche, c'est pas si loin. On en a pour vingt minutes à vélo, je dirais. T'as un vélo ?

– Non, mais j'ai un tandem. Et un ponycycle !

– Marie-Gaufrette fronça les sourci… (Non, rien. Elle fit une drôle de tête, on va dire.)

– C'est quoi, un ponycyle ?

– Bah tu sais, les grosses peluches géantes ! Comme un cheval à bascule mais monté sur roulettes. Il faut faire un petit mouvement de trot avec les fesses et les jambes pour le faire avancer. C'est très rigolo !

– Ça a l'air très nase, oui ! Mais bon, on devra bien s'en contenter.

C'est là que Moussa revint. Il écoutait depuis un petit moment, caché dans le couloir. À vrai dire, il était bien content que Marie-Gaufrette se soit occupée de la mauvaise nouvelle et de la logistique.

Il tenait entre ses doigts un mug couvert d'inscriptions qu'il avait trouvé dans l'évier, entre une poêle collante et une louche douteuse. Il l'avait rempli d'eau fraîche sans même le rincer (quand personne ne surveillait, Moussa pouvait être un sacré rebelle).

En le voyant, Michel sauta sur ses jambes.

– Oh, super, c'est le mug de Nostradamus ! Donne-le vite ! Il faut que je relise la prophétie : je ne me souviens pas de la fin !

Tout heureux de servir à quelque chose, Moussa se précipita. Il était à deux pas de Michel lorsqu'il se prit le pied dans son autre pied, et chut comme une crêpe.

Nos trois aventuriers regardèrent le mug tournoyer dans les airs, le cœur en tambourin.

La grande tasse fit deux loopings et un salto arrière, éclaboussant un pan de mur au passage, puis tomba mollement sur le canapé dodu.

– Ouuuf ! soufflèrent-ils tous, immensément soulagés.

– On n'est pas passés loin ! sourit Moussa.

Pile à cet instant, Mort-aux-rats surgit à travers la fenêtre ouverte, pour rebondir sur le sofa. Sa queue rayée frôla l'anse du mug. Lequel dégringola pitoyablement et se brisa sur le parquet.

– La vache! Quand ça veut pas, ça veut pas…, murmura Marie-Gaufrette, épatée par la ténacité de leur malchance.

Michel prit sa tête entre ses mains : c'en était trop ! Il eut envie de pleurer, de se coucher sous le canapé en position fœtale et de sucer son pouce.

Et il l'aurait fait, si Moussa n'avait pas déclaré, placide :

– C'est rien du tout. Je suis extrêmement doué pour les puzzles, les maquettes, les mikados, la mosaïque, les Rubik's cube et le tissage de bracelets brésiliens. C'est comme si je m'étais préparé toute ma vie pour ce moment... Michel, trouve-moi de la colle forte. Marie-Gaufrette, allume toutes les lampes.

Moussa n'avait jamais été aussi sûr de lui, et ses amis s'exécutèrent sans piper mot.

Tel un neurochirurgien en salle d'opération, le garçon ramassa chaque miette de porcelaine. Il disposa l'ensemble sur la table basse, fit craquer ses doigts et commença l'assemblage.

En moins de cinq minutes, le mug était reconstitué. À la perfection. Moussa lâcha ses instruments et recula. Il souffla avant d'annoncer :

– Tout s'est bien passé. Le mug devrait être étanche. En revanche, je ne suis pas sûr qu'il résistera au passage au lave-vaisselle. Il faut attendre quelques minutes pour le manipuler, mais vous pouvez approcher pour lire l'inscription.

Michel en eut les larmes aux yeux. S'il n'avait pas été si pudique, il aurait pris Moussa dans ses bras. Il se contenta donc de lui dire, sobrement mais de tout son cœur :

– Merci. Merci beaucoup, mon ami.

Puis il nettoya ses lunettes avec application. Il ne s'agissait pas de lire de travers.

– Aloreuh…

« Mère au cœur en miettes,
Qui des larmes abondantes sur le confit de fruits verse
Verra son vœu le plus cher exaucé, pour que son chagrin traverse.
Gare aux produits laitiers, au félin et à la fille à fossettes !
L'enfant devra choisir sa mère entre mille têtes,
Et larmoyer à son tour afin que tout s'arrête. »

L'éclaireur franchit les portes à ouverture automatique et se présenta à la réception. Seules sa tête et ses épaules dépassaient du comptoir. C'était un peu humiliant. Il se hissa sur la pointe des pieds et posa ses coudes sur le bureau.

La dame de l'accueil était jeune. Elle était aussi vraiment très maquillée et, en ce moment même, elle laissait des traces de rouge à lèvres sur les énormes cubes de chamallow qu'elle suçotait.

Moussa essaya de ne pas trop se laisser déconcentrer : il n'était pas là pour rigoler. D'un coup d'œil rapide, il déchiffra le badge punaisé sur le chemisier de l'hôtesse.

PRISCYLYA

Wouah… pas de chance.

– Salut… Je peux faire quelque chose pour toi ? articula péniblement la jeune femme, irritée d'être dérangée pendant sa dégustation.

– Je… je voudrais effectuer un stage de découverte dans votre établissement. Je rêve de devenir hôte d'accueil d'un grand laboratoire de recherche tel que Loche !

– Oh ! Sérieux ?! s'extasia Priscylya, se dépêchant d'avaler son chamallow. C'est la première fois qu'on me dit ça ! Franchement, ça fait trop plaisir !

– C'est très sincère. Je crois qu'il faut d'immenses qualités pour exercer votre métier, ainsi qu'un grand sens du sacrifice !

Priscylia, étonnée, réfléchit une seconde en passant sa langue sur ses lèvres, ramassant un surplus de sucre au passage.

– Euh…. comment ça, un grand sens du sacrifice ?

– Saviez-vous que, lors d'attaques terroristes ou de vols à main armée, c'est l'hôtesse d'accueil qui est la première victime ? Vous êtes au courant que, dans 38 % des cas, elle est prise en otage ? Et vous saviez qu'une fois sur trois, elle est abattue à bout portant et sans sommation, à titre d'exemple ?

Priscylya s'enfonça dans son fauteuil pivotant, et pivota. Lentement.

11

2 400 Gina

En retrait de l'entrée, Michel et Marie-Gaufrette s'échauffaient. Ils faisaient des assouplissements, se contorsionnaient, sautillaient sur place. Tout cela en prévision de la quadruple roulade qu'ils allaient devoir effectuer pour entrer de façon furtive.

Aussi, lorsqu'ils virent la tête de Moussa apparaître, furent-ils un peu désappointés.

– Vous venez ? La voie est libre, grouillez-vous !

Eh oui, tout ça pour ça. Ils entrèrent en sifflotant, mains dans les poches. C'était un peu nul.

– Maintenant, il faut trouver comment aller jusqu'à la salle de test sur les souris ! déclara Michel.

Marie-Gaufrette montra du pouce le couloir à droite de l'entrée.

– Je suis pas sûre, mais je crois qu'en suivant ce petit panneau « **CHEMIN MENANT À LA SALLE DE TEST SUR LES SOURIS** », on peut y arriver.

– D'accord, dit Michel. Moussa, tu restes là et tu continues à faire diversion. Si tu entends des hurlements ou une explosion, fuis. Il faut qu'au moins l'un d'entre nous s'en sorte pour raconter notre aventure aux générations à venir et qu'on ne sombre jamais dans l'oubli !

Moussa et Marie-Gaufrette se regardèrent discrètement. Ils trouvaient Michel un poil trop dramatique.

Heureusement, Priscylya mit fin à ce moment gênant en faisant claquer ses talons hauts dans l'autre pièce.

– Elle revient ! Je vous attends ici, les copains ! souffla Moussa en leur adressant un dernier petit coucou très peu solennel.

Marie-Gaufrette attrapa la manche de Michel et l'entraîna derrière elle. Ils avançaient, dos au mur, tels des ninjas. Ils se voulaient invisibles et indétectables. Ce qui n'était pas évident, car les semelles de leurs tennis faisaient SCOUITCH-SCOUITCH sur le faux marbre. Mais passons.

Le couloir débouchait sur une très grande salle à demi-vitrée. Aussitôt, les enfants eurent le réflexe de s'accroupir, sans quoi ils auraient été repérés dans la

seconde par le type en blouse qui travaillait sur son ordinateur portable, à l'entrée de la pièce blanche.

Nos deux compères marchèrent à quatre pattes jusqu'au pied du mur. Là, ils se redressèrent comme des plantes grimpantes, jusqu'à ce que leurs yeux puissent découvrir ce qu'il se passait à l'intérieur du laboratoire.

Michel se mordit la lèvre de stupéfaction. Il y avait là une centaine de boîtes en plexiglas ! Et chaque boîte en plexiglas était divisée en six compartiments. Et dans chaque compartiment, quatre souris se serraient. Et ces 2 400 souris (tu n'as qu'à recompter si tu ne me crois pas) étaient TOUTES grises. Leurs 2 400 queues étaient toutes à peu près de la même taille, épaisseur et teinte que celle de Gina.

Pareil pour leurs 4 800 oreilles. Et idem en ce qui concernait leurs 9 600 petites pattes (recompte, je te dis !)

– La prophétie disait « mille » ! « *Choisir la mère entre mille têtes* » ! Miiiille ! hurla-en-chuchotant Michel, furieux.

– Hé ! C'est pas la peine de me crier dessus ! J'y peux rien, moi ! s'énerva Marie-Gaufrette.

– Pardon, tu as raison, je suis un peu tendu, gémit le jeune Grenadine. Bon… et maintenant ?

Décidément, il avait vite pris l'habitude de se reposer sur son amie, celui-là…

Marie-Gaufrette réfléchit à toute vitesse.

– La première chose à faire, c'est d'entrer là-dedans. Il faut y aller franco, on n'a pas le choix. Lui, il est seul, et nous on est deux. C'est à mon tour de faire diversion.

– Comment tu vas t'y prendre ? demanda Michel.

– T'inquiète, j'ai ma petite idée. Pendant ce temps, tu entres et tu essaies de repérer ta mère. Cap' ou pas cap ?

Michel sourit. Il n'avait jamais joué à cap'.

– Cap' !

– Alors c'est parti ! Reste caché et laisse faire la pro.

Marie-Gaufrette se leva, puis toqua franchement à la vitre. Le chercheur leva les yeux derrière ses lunettes et fronça les sourcils.

La fillette lui fit signe de la rejoindre, ce qu'il fit, lentement, sans la quitter du regard.

On entendit un bip derrière la porte la plus proche, qu'il entrebâilla. Il ne laissa passer que son nez fin troué de points noirs.

– C'est pour quoi ? demanda Benoît Piépla, méfiant.

– Bonjour. Vous êtes mon père ! annonça Marie-Gaufrette le plus sérieusement du monde.

– Q... quoi ?! sursauta le chercheur en ouvrant la porte.

Marie-Gaufrette, immobile comme un fantôme du passé, répéta solennellement :

– Vous êtes mon père. Je suis votre fille. Je suis venue vous le dire.

– Mais... je ne peux pas être ton père !

– Si.

– C'est impossible !

Marie-Gaufrette ne bougeait pas d'un cil, imperturbable et dure.

– Et pourtant.

– Co… Comment s'appelle ta maman ?

– À votre avis ?! fit mine de s'agacer notre Marie-Gaufrette. Comme si vous ne le saviez pas !

– Léa ? Tu es la fille de Léa ? bégaya Benoît Piépla.

Marie-Gaufrette explosait de joie, intérieurement. *« Ah là là, le coup de l'enfant caché, ça marche à chaque fois… »*, pensa-t-elle avec fierté.

– Eh ouais. Je suis la fille de Léa.

– Ça alors… mais… je… comment ?… Enfin, pourquoi me l'apprendre seulement maintenant ? Et, euh… c'est quoi, ces sourcils ?! voulut-il savoir, en vrac.

Notre ingénieuse Marie-Gaufrette profita de son accident sourcilier pour nourrir son mensonge.

– C'est de l'automutilation. Je me suis arraché un poil pour chaque jour passé sans toi. Et voilà le résultat.

Beubeu, sous le choc d'avoir une fille de cet âge – en telle souffrance psychique, de surcroît – se cramponna à la poignée de la porte. Il transpirait à grosses gouttes.

Marie-Gaufrette culpabilisa une seconde de lui infliger ça, mais bon, « à la guerre comme à la guerre ».

– Je… je ne sais pas quoi dire…, dit-il.

– Eh bien, tu pourrais me proposer de boire un chocolat chaud au distributeur automatique que j'ai repéré dans le hall, *Papa* ?

En entendant « Papa », Benoît frôla le malaise vagal. Mais Marie-Gaufrette le soutint avec fermeté sous le coude, profitant de sa confusion pour piocher dans sa grande poche la carte magnétique qui servait à ouvrir la porte de la salle de test.

Elle la laissa tomber sur le sol, en toussant pour masquer le bruit.

– Tu es malade ? s'inquiéta le chercheur.

– Non non, j'ai juste la gorge irritée. À force de t'avoir appelé dans mon sommeil en hurlant. Chaque nuit des dix années de ma vie.

– Ah, euh… je… je comprends…

Et ils s'éloignèrent, côte à côte. Marie-Gaufrette, la main dans le dos, leva un pouce joyeux à l'intention de Michel.

Lorsque ce dernier pénétra dans le laboratoire et appela : « Maman ? », tous les rongeurs se dressèrent sur leurs pattes arrière. Moustaches collées aux trous d'aération des boîtes, ils reniflaient l'odeur du garçon, espérant déceler sur ses doigts la trace d'un goûter surprise.

Michel fit le tour une fois, deux fois, puis trois, tout en appelant Gina et en collant son oreille contre chaque brique de plexiglas. Malheureusement, 2400 souris qui couinent en même temps, tu imagines bien que ça fait un sacré pataquès.

Moi, je peux te dire que Gina hurlait aussi fort que ses petites cordes vocales le lui permettaient.

– Micheeeeeeel ! Michérichounet ! Par ici ! Mais non, là !!! Reviens !! Oui… OUI !! C'est moi ! Non, reste ! Il ne me voit pas ! Il ne me voit pas… Rhââââââ !! s'épuisait-elle inutilement.

Ses trois colocataires la regardaient bizarrement et se mirent à chuchoter entre elles.

– Mais qu'est-ce qu'elle a, elle ? dit l'une.

– Je crois qu'elle a déjà reçu une dose test, répondit une autre. Elle délire comme Josie, juste avant qu'elle… Enfin, vous savez, quoi.

– C'est moche de finir comme ça. J'espère que ça ne nous arrivera pas…

– Bah nan, penses-tu ! ricana la troisième. C'est bien connu que la prochaine étape en ce qui nous concerne, c'est une dégustation de camemberts en Normandie !

– Arrêtez de parler de ça, ça me fiche le cafard.

– Meuuuh, allez, souris !

– Pffff, t'es bête !

Michel commençait à perdre son sang-froid. Il avait beau scruter chaque animal dans chaque compartiment de chaque cage, il avait la sensation de voir toujours les mêmes petits yeux brillants, le même museau pointu, les mêmes moustaches frémissantes… Durant une seconde, il s'imagina cerné de 2400 Gina déguisées en banane et en frissonna d'angoisse.

Que faire? Marie-Gaufrette n'allait pas pouvoir retenir éternellement le chercheur… Il devait trouver une solution!

« ALLEZ, TROUVE UNE SOLUTION! » hurlait sa conscience. Ce qui n'était absolument d'aucun secours, tu t'en doutes.

Dénicher Gina Grenadine dans ce laboratoire revenait à trouver la fameuse aiguille dans la botte de foin.

Comme il fallait bien commencer quelque part, il tenta d'ouvrir la première boîte de la rangée. Il chercha un verrou, un loquet, un couvercle, quelque chose… Il n'y en avait pas! Comment était-ce possible?! Il y avait forcément un moyen de les faire sortir, puisqu'on les y avait fait entrer!

Michel se gratta la tête, grimaça, sautilla sur place et cria: « Non non non! »

Puis il se calma. D'un coup.

Il avait vu, sur le mur face à lui, un bouton. Un gros bouton rouge placé à hauteur d'homme.

Je sais ce que tu penses : on ne doit jamais appuyer sur le gros bouton rouge. Rien de bon ne se produit lorsqu'on le fait. Généralement, dans les secondes qui suivent, une bombe atomique explose quelque part en Asie du Sud-Est ou un porte-avion coule dans le Pacifique. Mais honnêtement, à ce stade de l'histoire, Michel Grenadine n'avait plus grand-chose à perdre.

Alors, d'un pas qui se voulait volontaire mais qui flageolait un peu quand même, Michel se dirigea vers le bouton. Il attrapa au passage un tabouret, qu'il plaça contre le mur. Il grimpa dessus et, inspirant profondément, il visualisa Gina.

Gina qui inspirait aussi intensément que lui en cette seconde, comme à chaque fois qu'elle attendait qu'il retire la bande de cire pour lui épiler la moustache. Comme elle, il savait que ça allait faire mal mais il n'avait pas le choix.

S'obligeant à ne plus réfléchir, Michel pressa le bouton d'un coup de paume.

Il entendit une sorte de **ZIIIIIIIIIIIIIIP** et, fébrile, se retourna.

Les cent boîtes en plexiglas étaient ouvertes. Et, dès qu'elles s'en aperçurent, les 2400 prisonnières en sortirent. Ou plutôt : en jaillirent.

« *Oups !* » pensa Michel en appuyant une seconde fois sur le bouton rouge.

Seulement, il y a des choses qu'on ne peut défaire. Et c'est ainsi qu'au lieu de tout faire rentrer dans l'ordre, cette deuxième pression provoqua le hurlement d'une alarme.

C'était horrible ! La puissance du son était telle que Michel pouvait sentir ses dents vibrer ! Il plaqua ses mains sur ses oreilles.

Les souris, elles, couraient en tous sens, affolées, enhardies, heureuses, confuses… Bref : libres ! Elles envahissaient murs et plafond, caracolant entre les néons ou fuguant le long des câbles électriques.

Lancée parmi elles, Gina essaya de rejoindre son fils, toujours perché sur son tabouret. Mais se frayer un passage jusqu'à lui était aussi compliqué que d'accéder à la cantine un mardi de frites. Elle se faisait bousculer, piétiner, griffer et dut griffer, piétiner et bousculer à son tour pour atteindre les pieds du tabouret.

Hélas, d'autres avaient la même idée qu'elle. Non parce que Michel était leur fils, mais parce qu'il sentait le petit garçon, l'eau-de-Cologne et, surtout, le biscuit beurré.

Comprends-les : ça faisait une éternité que ces chères bestioles ne s'étaient rien mis sous la dent…

Naïvement, lorsque la première souris se hissa sur sa chaussure, Michel pensa qu'il ne pouvait s'agir que de Gina. Il sourit, lui tendit la main pour la recueillir et se fit copieusement mordre !

Je ne sais pas de quoi se composait ce fameux spray dépilatoire révolutionnaire mais, crois-moi, ça mettait ces petites bêtes de fort vilaine humeur.

Michel cria (logique) et Gina, voyant son petit en peine, commença à se battre avec rage contre toutes les souris qui tentaient de goûter à ses doigts. Après s'être postée d'un bond agile sur le tabouret, entre les tennis de son bébé chéri, elle mit à profit ses cours de Krav-maga. Ce qui était malin, car aucun des autres rongeurs ne possédait cette technique de combat !

BAM, SCHLACK, CONG ! Elle les envoyait au tapis les uns après les autres. Coup de pied latéral, pare-poing, sortie d'étreinte avant : elle enchaînait les prises avec souplesse et précision.

Cependant, au bout de dix minutes de lutte acharnée, elle commença à fatiguer – alors que la foule ennemie, elle, ne mollissait pas. Les souris hostiles grimpaient par les quatre pieds du tabouret et Gina fut bientôt encerclée par une ronde de moustaches surexcitées et de petits yeux fous.

Pour la douzième fois de la journée, elle crut ses derniers instants arrivés. Elle aurait tant aimé que son fils lui jette au moins un dernier regard… Mais il ne voyait en elle qu'une souris parmi 2 399 autres qui voulaient le grignoter comme un biscuit.

Tout à coup, l'alarme se tut.

Et une voix grave, très énervée, tempêta :

– Mais qu'est-ce que c'est que cette bouillabaisse ?!

Benoît Piépla était là, dans l'embrasure de la porte, et il n'en croyait pas ses lunettes. Il s'apprêtait à avancer tel un shérif dans un western…

… lorsqu'une grappe de souris qui s'efforçaient de s'évader par le faux plafond tomba.

Pile sur sa tête.

Et bien sûr, elles s'agrippèrent à ses cheveux, son nez, ses oreilles ! Il poussa des cris aigus, ce qui était une mauvaise idée car l'un des rongeurs en profita pour explorer sa bouche.

Beubeu cracha, toussa, sanglota et fit ce qu'aurait fait tout homme de sciences habitué à torturer des animaux à des fins cosmétiques. Il s'enfuit en hurlant.

Sur ce, Marie-Gaufrette apparut à son tour et leva les yeux au ciel.

– Michel Grenadine, je ne peux pas te laisser cinq minutes sans qu'il se passe une catastrophe !

Et, tranquillement, elle retira son blul de son chignon et se mit à jouer une mélopée douce et hypnotique.

Dès les premières notes, les souris se figèrent, oreilles à l'affût et moustaches immobiles.

12

Souris, Maman !

Les passants qui croisèrent Moussa, Michel et Marie-Gaufrette sur le trajet du retour eurent droit à un étonnant spectacle :

- un garçon au visage luisant comme un sou neuf sur un ponycycle
- un autre garçon tractant péniblement un tandem sur lequel une fille, dos à lui et pieds sur le porte-bagages, jouait d'une sorte de flûtiau
- des centaines de souris grises trottinant dans leur sillage

Cependant, et fort miraculeusement, tout se déroula sans incident. Les rongeurs, ensorcelés par la mélodie de la fillette, la suivirent jusqu'au 12 de l'impasse de la Poule-Qui-N'a-Qu'une-Patte.

Ils pénétrèrent dans la maison sur ses talons, s'immobilisant enfin autour d'elle, dans la cuisine.

Marie-Gaufrette était capable de jouer des heures entières sans s'interrompre. N'empêche, elle avait hâte que Michel se mette à sangloter dans la confiture, histoire qu'on en finisse.

Celui-ci se dépêcha d'ailleurs d'ouvrir le réfrigérateur…

… mais, à son grand effroi, il était vide. Pas le plus petit pot de confiture ! Il fila à la cave, fouilla la réserve, fureta dans chaque placard : rien.

Moussa l'aidait du mieux qu'il pouvait.

– Et du miel, ça irait ?

– Non, il faut un truc à base de fruits, c'est écrit dans la prophétie ! rappela Michel.

– Et de la pâte à tartiner aux noisettes ? C'est des fruits, les noisettes ! Ça peut marcher !

Moussa disait vrai : les noisettes sont des fruits. Mais Nostradamus disait « confit ». Les noisettes sont-elles confites pour faire de la pâte à tartiner ? Michel n'en avait pas la moindre idée…

– Franchement, je n'en ai pas la moindre idée…

– Bah, ouvre le pot et pleure dedans. On sera vite fixés !

Ce cher Moussa avait encore raison. Il n'était pas le monsieur-je-sais-tout des CM2 pour rien ! Michel ouvrit le pot et essaya de pleurer à l'intérieur.

Sauf que ce n'était pas si facile.

Il se sentit tellement ridicule que les larmes eurent du mal à monter. Il fit donc appel à des tas d'images mentales tristes. Un petit chien attaché à un arbre sur la route des vacances. Un pépé assit tout seul dans une salle à manger poussiéreuse. La forêt amazonienne en feu. Notre-Dame de Paris en feu. Les feux de brousse en Australie.

Honnêtement, l'idée de feu fonctionnait plutôt pas mal, embrasant peu à peu le petit cœur tendre de Michel Grenadine. Mais alors que son nez commençait à picoter, annonçant l'arrivée imminente de pleurs en cascade, il s'imagina pompier, bravant incendies et catastrophes naturelles ! Et il se vit si grand, si beau, si fort qu'il en oublia totalement d'être triste.

Zut… C'était raté.

Marie-Gaufrette, elle, perdait patience devant ses 2400 souris fascinées. Et souffle. Elle joua une note suraiguë pour signifier son irritation grandissante. Moussa, recevant le message cinq sur cinq, agrippa les cheveux de Michel et en arracha une pleine poignée.

La réaction ne se fit pas attendre : notre héros pleura à gros bouillons. *In extremis*, Moussa plaça le pot de pâte à tartiner sous le torrent lacrymal.

Mais rien ne se produisit.

– Il faut trouver de la confiture. De la vraie. Coûte que coûte ! déclara Michel en visitant mentalement sa maison, pièce par pièce.

Eurêka ! Il eut une illumination et se souvint d'en avoir emporté dans sa chambre, lorsqu'il avait fait une razzia de provisions pour pouvoir bouder sans s'affamer ! Il grimpa les escaliers à toute volée et retourna couette, matelas, bureau et tiroir, corbeille à papier et armoire, telle une tornade !

Il commençait à désespérer sérieusement lorsqu'il le vit. Là. Sur sa table de chevet, le fond collé à la couverture gondolée d'un Pépix : un pot à moitié plein de confiture de rhubarbe qui lui souriait presque.

Il s'en empara, descendit en glissant sur la rampe, et se prit les pieds dans un machin.

Mais c'était un machin qui n'était pas un machin.

Ce machin s'appelait Mort-aux-rats, une semaine sur deux.

Et sais-tu ce qui peut réellement gâcher un concert donné devant 2400 souris mélomanes ?

Eh oui : la présence d'un chat.

Mort-aux-rats n'en crut pas ses yeux. Là, dans la cuisine, un gigantesque repas de fête l'attendait ! Il se lécha les babines, frétilla du popotin… et bondit !

Michel hurla : « NOOOOOOOON ! », tétanisé à l'idée que sa maman puisse être dévorée à quelques secondes seulement de l'heureux dénouement.

Au même instant, Marie-Gaufrette cessa de jouer et 2400 regards hostiles se posèrent sur le félin. Avant même d'avoir touché le sol, celui-ci comprit le sens de l'expression « L'union fait la force ». Cette fois, il n'aurait pas le dernier mot.

Je ne souhaite pas te traumatiser en t'imposant une description crue de ce qui se déroula là. Disons pudiquement que Mort-aux-rats reçut la monnaie de sa pièce et qu'à l'avenir, écureuils et souris, musaraignes et oiseaux, pourraient se détendre un petit peu.

Je laisse à ton imagination, ainsi qu'à ta sensibilité, la liberté d'interpréter cette scène d'une extrême-violence. Sache simplement que les souris ont de toutes petites dents, mais qu'elles sont très pointues.

Ainsi donc, dès la fin de cet épisode (et tout en grimaçant de dégoût face au spectacle répugnant qui se déroulait sous ses yeux), Marie-Gaufrette reprit son instrument. Elle entama une charmante balade qui apaisa aussitôt les souris, à nouveau captivées. Si elles avaient su ronronner, nul doute qu'elles l'auraient fait.

Michel, quant à lui, n'eut qu'à penser au carnage auquel il venait d'assister pour pleurer généreusement dans le pot de rhubarbe que Moussa tenait patiemment sous son menton.

PLOC PLOC PLOC...

... et **abracadabra** : la magie opéra.

Devant les trois amis ébahis, l'une des 2400 souris se transforma en une Gina toute nue et à moitié coincée sous une chaise.

– Michérubin ! s'écria-t-elle, ouvrant aussi largement que possible les bras, roploplos à l'air.

Moussa rougit sans pour autant détourner le regard, ce qui donna à Michel l'occasion de lui tirer les cheveux à son tour. Puis notre héros ramassa le costume de banane oublié par terre la veille et en couvrit sa maman. Et enfin, enfin, il la serra horriblement fort dans ses petits bras.

Et cette fois, il n'eut besoin d'aucune image mentale pour pleurer.

Il enfouit son nez dans le cou tendre de Gina et renifla sa peau d'une douceur qu'aucun pelage ne pouvait égaler. Il eut envie de rester blotti là, où il se sentait beaucoup plus heureux que partout ailleurs sur le globe.

Gina aussi aurait aimé rester ainsi jusqu'à ce qu'elle devienne une petite mémé rabougrie. Mais il fallait se montrer sérieuse et responsable. Elle embrassa mille fois le front de son bébé chéri, ses cheveux, son nez et son menton, puis elle dénoua le nœud de bras autour de son cou et le repoussa gentiment.

– Dis donc, Michevalier-blanc, tu n'as pas école ?

Michel sourit et souffla :

– Si...

Crois-le ou non, Gina eut l'autorisation d'accompagner son fils et ses amis jusqu'à l'école. Et en costume de banane, s'il vous plaît !

Blul au bec, Marie-Gaufrette escorta les 2 399 rescapées du laboratoire jusqu'à la première plaque d'égout, où elles disparurent les unes après les autres.

– C'est pas trop tôt : ça commençait à me taper sur le système, ton blurk ! râla Moussa.

Et sais-tu ce que Marie-Gaufrette lui répondit ? Absolument rien. Elle n'avait plus assez de souffle pour ça...

Devant le portail arc-en-ciel, Michel traîna un peu. Moussa et Marie-Gaufrette étaient déjà presque arrivés au préau quand ils se rendirent compte que le troisième « M » était encore sur le trottoir.

– Bah alors, Micheeseburger, tu ne rejoins pas tes copains ? lui demanda doucement Gina.

– Je crois que je préfère rester avec toi, M'man.

Gina Grenadine eut un sourire aussi large qu'une banane. Elle voulut s'agenouiller pour regarder son garçon dans les yeux, mais son costume l'en empêchait. Alors elle se pencha du mieux qu'elle put.

– Tu n'as pas à choisir, tu sais. Tu peux tout avoir : l'école, les amis, la maîtresse et moi.

– Mais... tu ne vas pas être triste, toute seule ? murmura Michel.

– Je ne suis jamais toute seule ! Je suis toujours, toujours avec toi. Et je n'ai pas besoin d'être une petite souris pour ça !

Elle fit un bisou esquimau à son Micheddar et le laissa cavaler vers son nouveau monde, comme le fit sûrement Susanna Fontanarossa avec Christophe Colomb. La différence étant que Michel ne risquait pas de se faire dévorer par une tribu cannibale.

Comme s'il lisait dans ses pensées, le garçon se retourna, au milieu de la cour, pour lui crier :

– Hé ! Souris, Maman !

Et sa maman sourit.

De retour en classe, Michel apprit qu'il avait loupé les frites du mardi à la cantine et que Marteau était privé de ballon prisonnier pendant environ toute la vie.

Il se fit sacrément gronder par Mademoiselle Babelutte pour être « rentré déjeuner à la maison en oubliant de la prévenir », exactement comme Moussa et Marie-Gaufrette.

Mais, une fois qu'il lui eut servi un bouquet de plates excuses, Babette retrouva son adorable sourire de Petite Loutre Évaporée.

Michel regagna sa place, entre ses deux nouveaux copains, meilleurs amis à la vie à la mort, frère et sœur d'aventure nostradamusesque.

Il se dit qu'il avait hâte de raconter tout ça à son papa, dès « d'immense » prochain. Et que ça ferait sûrement plaisir à Rufus, même si ça ne se verrait pas beaucoup.

Puis il écouta, observa, se délecta et comprit qu'une classe a toujours son vilain, son monsieur-je-sais-tout, son justicier/redresseur de torts/défenseur du bègue et du dyslexique, sa Graine de Tueur en Série… et son Petit Garçon à sa Maman.

Et que celui des CM2 s'appelait Michel Philippe Catherine Tarzan Grenadine.

Et que c'était *perfekt*[13].

13 « Parfait », en norvégien.

Ah, et…

Au cas où ça t'intéresserait de le savoir, sache que:

Benoît Piépla ne remit jamais plus les pieds à Loche.

Il retourna voir Léa, son amour d'il y a longtemps, pour savoir s'il pouvait accueillir sa fille aux sourcils accidentés un week-end sur deux et la moitié des vacances scolaires.

Léa crut à une technique de séduction inédite et trouva ça fort original.

Beubeu comprit alors qu'on lui avait encore joué un tour. Sûrement une blague de Stéphane de la compta. Quel farceur, celui-là…

Tous deux se marièrent (Benoît et Léa, pas Benoît et Stéphane de la compta) et n'eurent aucun enfant.

À la place, ils construisirent un refuge et élevèrent beaucoup, beaucoup d'animaux.

Ils confièrent d'ailleurs un chaton abandonné à Dulcinée. C'était une femelle que la veuve Piépla baptisa « Ramsès ».

Et, bien sûr, Gina, ou plutôt Patate Poilue, lui fit cadeau d'un joli collier avec clochette.

Sarah, Stella, Sophie, Simon, Samson, Salim, Salomon, Silas, Salvador, Sylvestre, Samir, Stanislas, Stuart, Santiago, Stéphanie, Séverin, Sekou, Scott, Sally, Séraphin, Spencer, Solenne, Sergei, Sergio, Steeve, Servane, Sidi, Suraj, Sacha, Samuel, Sabine, Sandrine, Sidonie, Siegfried, Sylvain, Sandra et Sébastien devinrent les heureux frères et sœurs de Soraya, Saül, Swann, Soline, Sullivan, Souleyman, Sonia et Séréna. Leur maman se portait à merveille mais décida d'attendre au moins huit semaines avant de faire de nouveaux bébés. Elle avait vraiment besoin d'une pause.

Petit Pois, le python vert arboricole, s'échappa de son vivarium en pleine nuit. La mère d'Alix se réveilla avant l'aube avec la sensation que sa jambe était engourdie. Et pour cause : Petit Pois était en train de la manger. Reptiland hérita donc d'un nouveau serpent, de deux tritons, d'un fouette-queue, d'un caméléon masqué du Yémen, de quatre lézards à collier et la maman d'Alix, d'une jambe artificielle.

La loutre, elle, retourna à la rivière. Quant aux treize tarentules, eh bien… un conseil : secoue tes chaussons avant de les enfiler le matin.

Martin resta marteau. Il y a des choses, et des gens, qui ne changent pas.

Mademoiselle Babelutte renonça au voyage transcendantal et se mit à la fabrication de cocktails, ce qui lui permet d'ouvrir ses chakras sans avoir à passer par la case méditation. Elle organise chaque semaine des soirées entre filles auxquelles Gina est toujours invitée. Je crois qu'elles sont devenues sérieusement copines.

Au bout de quatre mois, les sourcils de Marie-Gaufrette avaient repoussé. Elle donna occasionnellement quelques concerts au-dessus de bouches d'égout et rencontra à chaque fois un immense succès.

Moussa, quant à lui, ne put jamais plus avaler un loukoum de sa vie. Il continua à poser 7,263872 milliards de questions par an, toutes plus intelligentes et instructives les unes que les autres.

Les trois « M » profitèrent d'un goûter au numéro 12 de l'impasse de la Poule-Qui-N'a-Qu'une-Patte pour s'entailler le pouce et devenir frères et sœur de sang. (Enfin, Moussa, lui, se limita à gratter une croûte sur son coude pour la faire saigner un peu. Mais, au fond, c'est l'intention qui compte, non ?)

Michel et sa maman offrirent à Irma un aquarium plus grand, avec un mini bateau pirate dans lequel elle pouvait

se cacher et un petit plongeur en plastique pour lui tenir compagnie. On ne lui posa plus aucune question, à part : « Ça va, Irma ? Bien dormi ? »

Pendant les vacances de Pâques, ils partirent deux semaines dans les îles Sandwich (mais pas au fromage) et se jurèrent solennellement de ne plus jamais acheter de confiture.

On ne sait jamais : un accident est si vite arrivé !

Ah, et puis…

Et puis, lorsque Michel entra en cinquième, au collège Arlette Gruss, Rufus Grenadine se réveilla grâce à une autre prophétie de Nostradamus.

Mais ça, c'est une autre histoire…

Directeur de publication : Frédéric Lavabre
Collection dirigée par Tibo Bérard
Assistante d'édition : Julia Robert-Thévenot
Maquettistes : Claudine Devey & Elsa Le Duff

Achevé d'imprimer en juillet 2021
sur les presses de l'imprimerie Grafica Veneta S.p.A.
N° d'édition : 0057
Dépôt légal : 2e semestre 2021
ISBN : 978-2-37731-694-6

Imprimé en Italie